CARTOON

Tomas Nittner
geboren 1942 in Eger.
1963 Ausbildung zum Grafiker an der Hochschule für Gestaltung in Ulm.
Reisen in den Nahen Osten und in Mexiko.
Von 1968 bis 1975 als Designer in New York tätig. Seit 1975 wieder in Deutschland.
Seit 1978 arbeitet Tomas Nittner als Grafiker im Atelier Blaumeiser in München.

Josef Blaumeiser
geboren 1924 in Ludwigshafen.
Ausbildung als Grafik-Designer.
Seit 1951 in München.
Selbständiger Designer, Illustrator und Karikaturist mit Atelier für angewandte Kunst.
Bücher: Satierisches und Fabelhaftes, Zeitgenossen, Bayern braucht Wolpertinger, Bayerns Preußen sind die besten.

J. Blaumeiser / T. Nittner

DIE WÜSTE BEBT

Zeichnungen: Josef Blaumeiser
Texte: Tomas Nittner

Originalausgabe

Wilhelm Goldmann Verlag

Josef Blaumeiser hat auch das
folgende Goldmann-Taschenbuch illustriert:

Richard Smith: Schlank durch Sex. Mit Kalorienangaben.
Für hiesige Verhältnisse bearbeitet, getestet und adaptiert
von Mortimer Bellentine (3741)

Made in Germany · 11/80 · 1. Auflage · 1112

Umschlagentwurf: Atelier Adolf & Angelika Bachmann, München
Umschlagzeichnung: Josef Blaumeiser, München
Satz: FotoSatz Pfeifer GmbH, Germering
Druck: Presse-Druck Augsburg
Verlagsnummer: 6951
Lektorat: Martin Vosseler · Herstellung: Peter Sturm
ISBN 3-442-06951-3

Inhalt

Auf keinen Fall
Karl May
gewidmet

Der Araber und seinesgleichen

Der Araber und seinesgleichen

Alle Araber tragen lange, nachthemdartige Gewänder, eigenartige Kopftücher und sprechen eine Sprache, die wie ein Dampfstrahl aus ihrer Kehle kommt. Sie sind undurchschaubar, unendlich reich oder ebenso arm, rachsüchtig und geschäftstüchtig. *Soweit das gängige, westliche Vorurteil.*

Das geistige Band, das die Araber vereint, ist der Islam. *Soviel zur Einheit.*
Es war der geniale Trick Mohammeds, das Bekenntnis zum Islam gleichzeitig zu einem Bekenntnis für das Arabertum zu machen.

Insofern ist Muhammed Ali (geborener Cassius Clay, falls es jemand vergessen haben sollte) ebenfalls Araber. Welche anderen arabischen Charakterzüge ihm eigen sind, möge jeder für sich selbst bedenken.

Der Araber und die Frauen

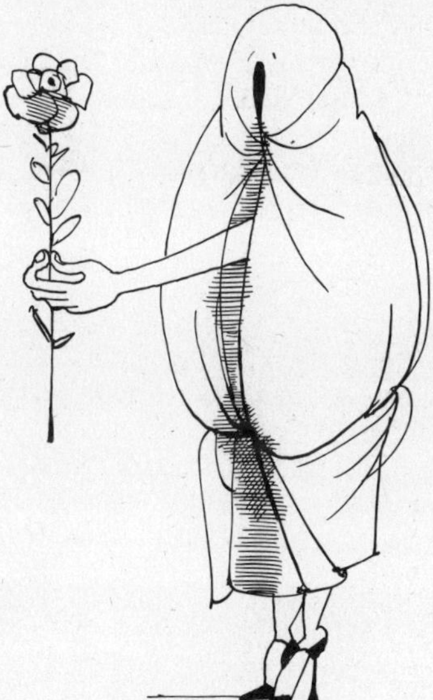

Schwaches Geschlecht?

Die Rolle der Frauen bei den Arabern scheint für den Westen wie vieles mehr zwiespältiger Natur zu sein.
Auf der einen Seite die selbstbewußte, stolze, freiheitsliebende Beduinin, die schon durch die äußeren Umstände des Lebens in der Wüste zur Selbständigkeit erzogen wird.
Auf der anderen Seite das verhätschelte, kopfverdrehende Luxuswesen der Städte: verwöhnt, verehrt, aber durch die Launen der Koranausleger auch bis zur Grausamkeit des Harems unterdrückt.
Erst in den letzten Jahren hat sich eine gewisse Anerkennung der Rechte der Frauen durchgesetzt.

MIRJAM
AISCHA
FATIMA
SULEIKA
HEUTE RUHETAG

Der Helfer

Ein Araber reitet durch die Wüste. Als er an einer Düne vorbeikommt, liegt eine nackte Frau vor ihm im Sand, die zu klagen beginnt: »Wir sind Touristen, und wir haben einen Ausflug in die Wüste gemacht, und dann ist eine Bande Beduinen gekommen, und dann hat die eine Hälfte meinen Mann und meinen Sohn entführt, und dann haben die anderen mich ausgezogen, und dann haben sie mich vergewaltigt, und dann haben sie mich hier liegen lassen, und Gott sei Dank sind Sie jetzt vorbeigekommen...«
»Eh bien, Madame«, sagt der Araber, während er vom Dromedar steigt und langsam seine Hose aufknöpft, »eh bien, Madame, scheint nicht Ihr Glückstag zu sein, heute.«

Emanzipation

Es wird im Westen gerne behauptet, daß die arabische Frau, vor allem die Frau aus begüterten Kreisen, vom öffentlichen Leben ferngehalten wird und in einem »goldenen Käfig« eingesperrt ist.
Dabei wird oft vergessen, daß die Emanzipation der Frau an den Grenzen des Nahen Ostens nicht halt gemacht hat.
Man kann sogar sagen, daß die Stäbe des goldenen Käfigs wesentlich dünner geworden sind und daß die Araberin von heute fest mit beiden Füßen auf dem Boden der Tatsachen steht. Selbst wenn dieser mit einem fliegenden Teppich geschmückt ist.

Erstbesteigung

Die Einstellung des Arabers gegenüber dem geliebten Wesen, meistens einer Frau, läßt sich am besten anhand eines Gedichtes von Al-Hakim I. (um 820) darstellen:

»Das Übermaß der Liebesfülle hat ihn zu ihrem Sklaven gemacht,
obgleich er ein mächt'ger König ist.
Demütiges Gebaren ziemet einem freien Manne,
sobald er ein Sklave aus Liebe wird.«

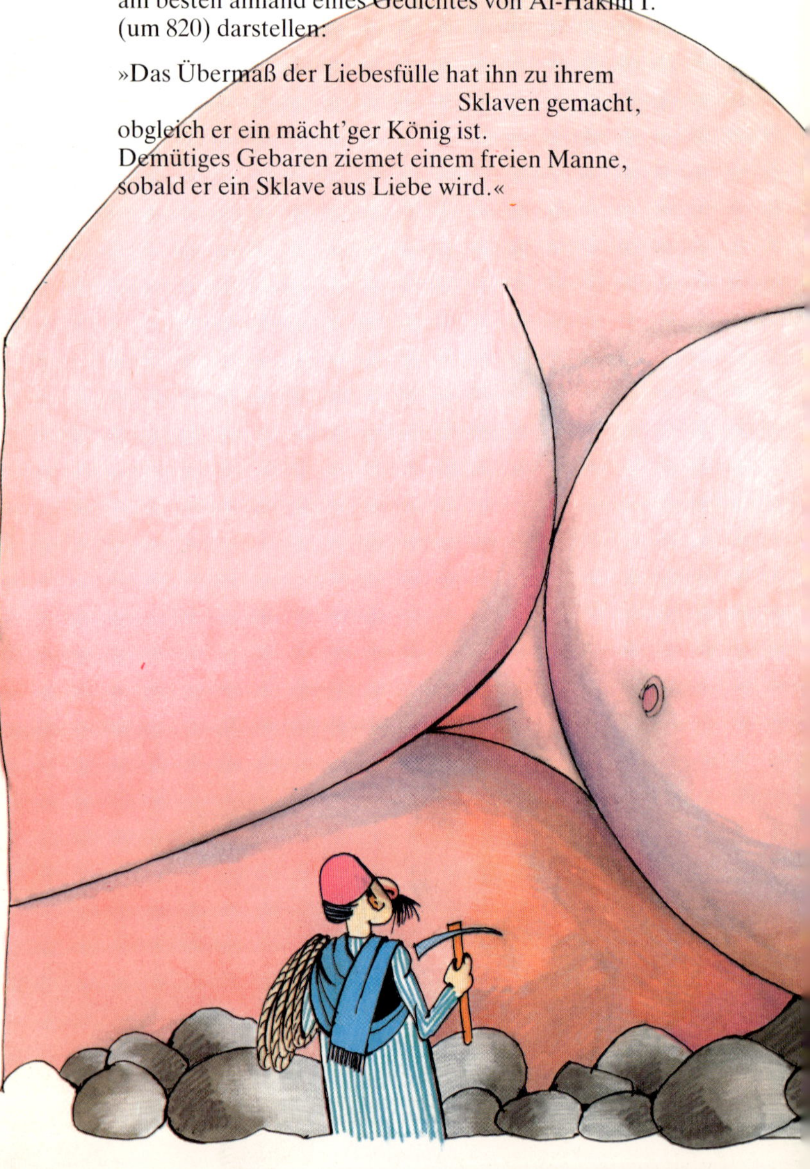

So sehr er sonst die Frauen unterdrückt: Ist der Araber verliebt, erscheint die Erstbesteigung des Mount Everest wie ein beschaulicher Nachmittagsspaziergang im Vergleich zur Eroberung der von ihm vergötterten Frau.

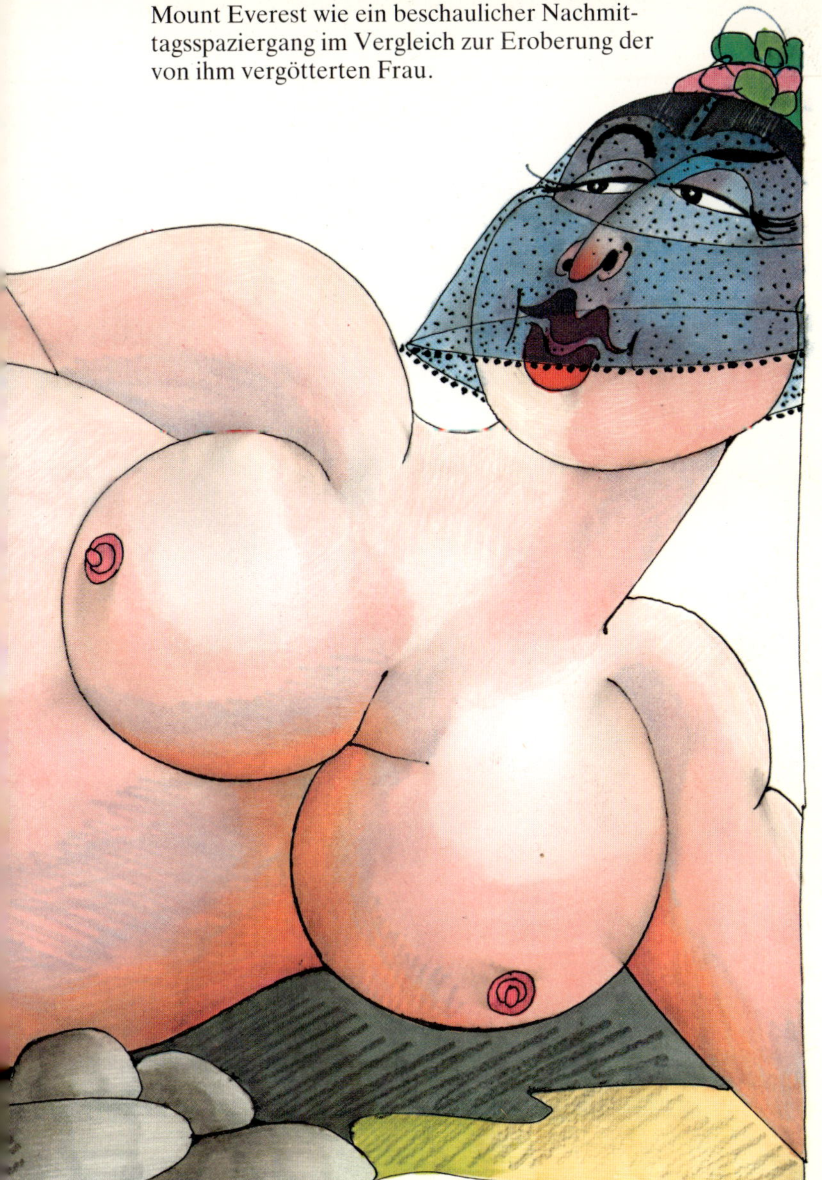

Wipp, wipp, hurra

Der Bauchtanz ist eine tänzerische Darbietung, bei der wohlbeleibte Damen der erstbesten Gesellschaft unter Begleitung arabischer Musik mit Bauch und Unterleib wohlberechnete Zuckungen ausführen. Die leichte Bekleidung ist wahrscheinlich auf das arabische Klima zurückzuführen.
Der Bauchtanz ist wegen seiner erotisierenden Wirkung bei alleinstehenden und anderen Männern sehr beliebt. Er erzeugt ein Kribbeln in der unteren Bauchgegend und anderen männlichen Körperteilen.
Die Liebe geht beim Bauchtanz nicht durch den Magen, sondern durch den Bauch und ist schon so manchem zu Kopf gestiegen – auf dem dann ganz schön herumgetanzt wird.

Worte des Ayatollah Ruhollah Khomeini

»Über Ehe, Ehebruch und eheliche Beziehungen«

Eine Frau kann dem Gesetz nach einem Mann auf zwei Arten gehören: durch eine Zeitehe oder durch eine Dauerehe. Im ersten Fall braucht die Dauer der Ehe nicht genau angegeben zu sein, im zweiten Fall muß der Mann bestimmen, ob die Ehe eine Stunde, einen Tag, einen Monat, ein Jahr oder länger halten soll.

"DICH HEIRAT' ICH .....
FÜR 10 MINUTEN"

Arabische Lebensweisheit

Es gibt nichts, was einen Mann mehr auf die Palme bringen kann als eine Frau – und umgekehrt.

Der Araber und die Religion

Die Firma Islam

»Islam« heißt auf deutsch »Bekenntnis«, »Ergebung«, auch »Auf Treu und Glauben«. Der Islam ist eine der großen Weltreligionen, der heute über 500 Millionen Menschen angehören; er ist monotheistisch und kennt nur die unbedingte Ergebung in den Willen Allahs. Das heilige Buch des Islam ist der Koran, der die göttlichen Eingebungen und Visionen Mohammeds enthält.
Die religiösen Pflichten sind:
1. Das Glaubensbekenntnis: »Es gibt keinen Gott außer Allah, und Mohammed ist sein Prophet.«
2. Fünfmal am Tag beten.
3. Almosen geben.
4. Das dreißigtägige Fasten im Monat Ramadan von Sonnenaufgang bis Sonnenuntergang.
5. Die Wallfahrt nach Mekka, die sogenannte Haddsch, die mindestens einmal im Leben ausgeführt werden muß.
Bevor der Islam eine Religion wurde, war er der Name einer Firma, die Kadidscha, die erste Frau Mohammeds, gründete. Das Geschäft entstand durch den Zusammenschluß der Handelsunternehmen ihrer ersten beiden, verblichenen, Ehemänner. Da Mohammed durch seine Heirat mit Kadidscha Geschäftsführer wurde, erklärt es sich von selbst, daß jedes gute Geschäft der Firma Islam auch Allah wohlgefällig war.

FIRMA
ISLAM
EN GROS
EN DETAIL
EXPORT

Gebrauchsanweisung

Für Tara Hussein, den ägyptischen Kulturphilosophen, Schriftsteller und Kritiker, gibt es »drei Arten von literarischer Sprache: die Poesie, die Prosa und den Koran«.
Der Koran ist das heilige Buch der Araber, das in 114 Abschnitten, den sogenannten Suren, die Offenbarungen Allahs an Mohammed enthält. Aber er ist nicht nur das. In der 39. Sure, im 28. Vers, heißt es, daß der Koran in einer klaren, unübertrefflichen Sprache geschrieben ist, einer Sprache, »die keine Krümme« kennt.
Für jeden Araber ist seine Sprache ein unantastbares Vermächtnis, das alles andere als nebensächlich erscheinen läßt. Arabisch denken, fühlen und handeln heißt vor allem, die heilige Sprache des Koran mit Meisterschaft zu beherrschen.
Der Koran ist auch nicht nur ein Buch von unübertroffener Schönheit. Er ist Gesetzbuch, Moralkodex, Lebenshilfe für alle Situationen. Es gibt kein menschliches Problem, das im Koran nicht erörtert wird – selbst die allermenschlichsten Schwierigkeiten, wie der tägliche Stuhlgang oder der Umgang mit der Schwiegermutter, wurden von beharrlichen Koranauslegern darin behandelt gefunden.
Vor allen Dingen ist der Koran auch Legitimierung sämtlicher Handlungen der Gläubigen gegenüber uns Ungläubigen, hauptsächlich dann, wenn wir zur Kasse gebeten werden sollen.

KORAN

Handel mit Gott

Bevor Mohammed mit Allah als alleinigem Gott ins Rampenlicht trat, gab es auf der arabischen Halbinsel Hunderte von Lokalgöttern. Die wichtigste Aufgabe Mohammeds war es deshalb, seinen Gott zum alleinseligmachenden zu gestalten – keine leichte Aufgabe bei der angeborenen Skepsis der Wüstensöhne. Da aber Mohammed nicht nur Allahs Prophet, sondern auch ein glänzender Fabulierer war, nutzte er seine angeblich hervorragenden Beziehungen zum Chef und erzählte den staunenden Zeitgenossen ausführlich vom Himmel und der Erschaffung der Welt. Nachdem er ihnen sämtliche Herrlichkeiten des Paradieses geschildert hatte, nannte er ihnen auch den Preis: fünf Gebete am Tag, eine der fünf religiösen Pflichten. Wehklagen der versammelten Gemeinde: Fünfmal beten pro Tag, das war zu viel. Aber Mohammed wußte, daß durch die öffentliche Gebetspflicht nicht nur ein Zusammengehörigkeitsgefühl, sondern auch eine strenge Gruppendisziplin zustande kommen würde. So erzählte er seinen Gläubigen, daß Gott ursprünglich fünfzig Gebete täglich gefordert habe. Erst nach vielen Rücksprachen mit Mose, insgesamt vierundzwanzigmal, habe Allah sich auf fünfmal herunterhandeln lassen. Bei so guten Kontakten zu den Himmlischen konnten selbst die unwilligsten Gläubigen nichts mehr einwenden, und so blieb es bei den fünf Gebeten bis heute.

"Am Anfang
schuf ich den Himmel"

Die Propheten

Szene auf dem Marktplatz eines kleinen Ortes in der Nähe von Muskat, der Hauptstadt von Oman. Ein Europäer interessiert sich für eine hübsche Miniatur im Laden eines Händlers. Im Laufe des langen Feilschens erkundigt sich der Europäer nach dem Namen des Händlers.
»Mohammed«, antwortet dieser stolz, »Mohammed, wie der größte aller Propheten.«
Warum Mohammed der größte aller Propheten gewesen sei, möchte der Europäer wissen.
Worauf der Händler erklärt:

»Abraham war Prophet. Gut.

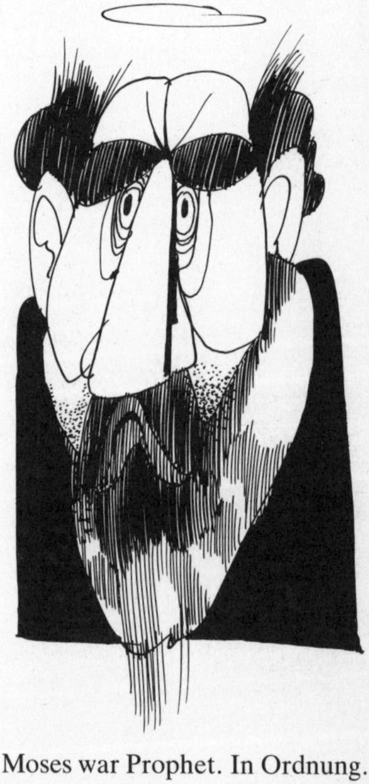

Moses war Prophet. In Ordnung.

Buddha war Prophet. Auch gut.

Jesus war Prophet. Noch besser.

Aber Mohammed war Prophet und Geschäftsmann.«

Der Araber und die »Heilige Revolution«

Im Namen Allahs

Am 16. Januar 1979 verließ der zweite Pahlawi, Mohammed Reza, Shahinschah-i-Iran, Aryamehr (König der Könige, Licht der Arier), den Iran, und Ayatollah Ruhollah Khomeini kehrte nach fünfzehn Jahren Exil von Menschen umjubelt in sein Heimatland zurück. Eine neue politische und religiöse Ära begann im Iran, die an Jahrhunderte zurückliegende Ereignisse anschließen sollte.
Eine »Islamische Republik« wurde ausgerufen, die Monarchie abgeschafft und die traditionelle islamische Gerichtsbarkeit wieder eingeführt, in deren Namen in wenigen Monaten etwa 600 Todesurteile ausgesprochen und vollzogen wurden. Die Rolle der Frauen und das ganze öffentliche und private Leben orientieren sich wieder an den Vorschriften des orthodoxen Islam.
Die Wirtschaft ist weitgehend zerrüttet, wenn nicht zerstört. Die Besetzung der amerikanischen Botschaft und die Geiselnahme von fünfzig amerikanischen Botschaftsangehörigen geben Aufschlüsse über die neue Außenpolitik.
Ayatollah Khomeini hat sich zu Lebzeiten ein Monument gesetzt. Ein versteinertes. Denn mit achtzig Jahren ist die Vergreisung kein Gerücht mehr, sondern traurige Wahrheit.

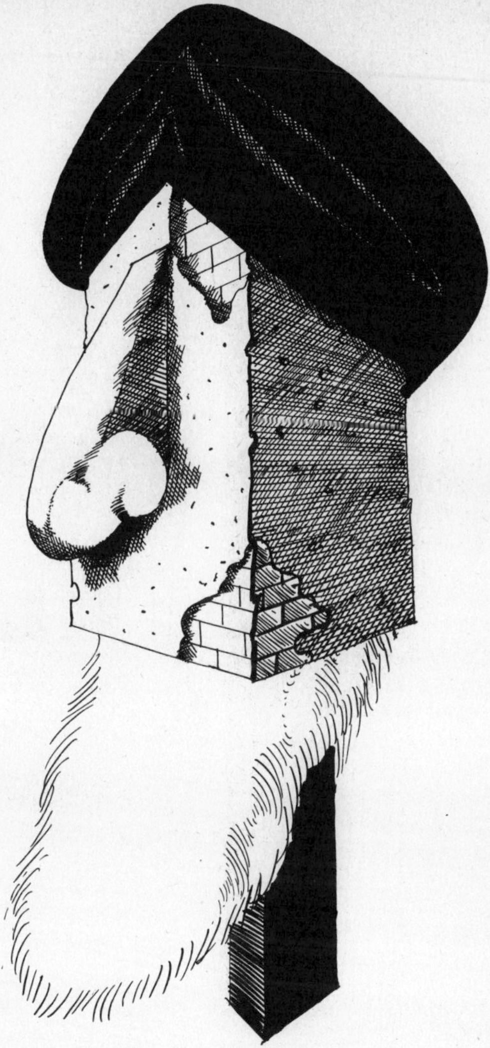

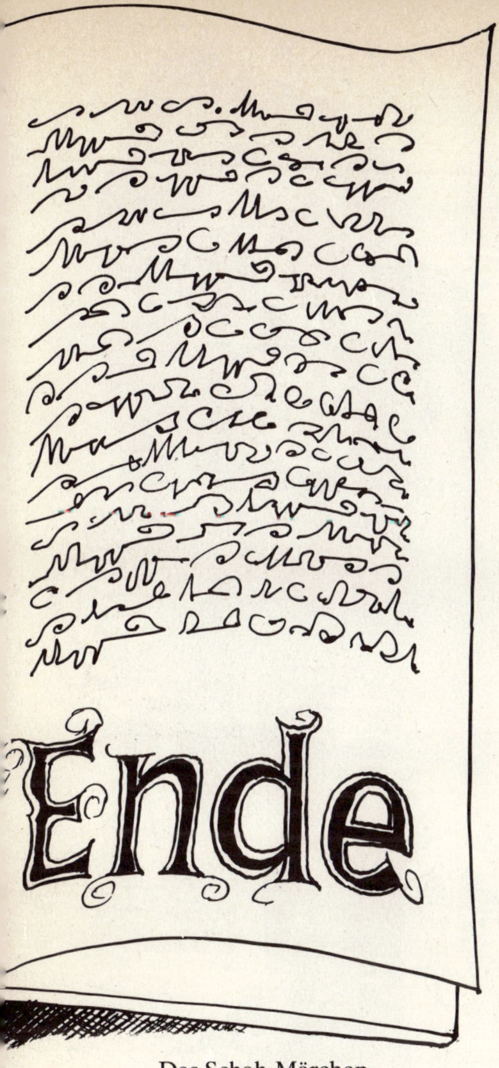

Das Schah-Märchen

Am 16. Januar 1979 ging mit der Flucht des Schahs ein orientalisches Märchen zu Ende. Allerdings nur für die Regenbogenpresse, denn für die näher Beteiligten war dieses Märchen meist grausame Wirklichkeit gewesen.

Der Schatten der Gerechtigkeit, wahlweise
Engel der Vergeltung genannt

Der Araber und der Alkohol

Die Sünde

In vielen Suren (Abschnitten des Korans) beschäftigt sich Mohammed mit den zweifelhaften Folgen des Alkoholgenusses. Er spricht allerdings nur Empfehlungen aus. Nirgendwo ist der Alkohol ausdrücklich verboten. Er wird erst in den Auslegungen der Religionslehrer nach Mohammed verteufelt und sein Genuß zur Todsünde erklärt, die mit achtzig Stockhieben geahndet wird. Die Stockhiebe sind allerdings nur symbolischer Natur. Sie sollen mehr demütigen als schmerzen. Der Austeiler der Hiebe muß unter dem Arm einen Koran halten, der nicht herunterfallen darf. Am Rande sei vermerkt, daß nach dem Koran nicht alles Berauschende verboten ist. Opium und Haschisch gelten, auch in den striktesten Auslegungen, als rein.
Wie bei allen von Gott gegebenen, von Propheten aufgezeichneten und von Menschen verwalteten Gesetzbüchern gilt auch hier das elfte Gebot: *Du sollst dich nicht erwischen lassen.*

In der 8. Sure steht:

In Wein und Spiel liegt die Gefahr der Versündigung,

doch auch Nutzen für die Menschen,

(3)

der Nachteil überwiegt jedoch den Nutzen!

(4)

Der Wein und das Spiel sind ein Werk des Teufels, der nur Feindschaft und Haß unter euch stiften will und euch vom Denken an Gott und von der Verrichtung des Gebets abbringen will.

5

Solltet ihr daher nicht davon ablassen wollen?
heißt es in der 5. Sure.

6

Aber...die 4. Sure sagt: O Gläubige, betet nicht in Trunkenheit,

7

sondern erst, wenn ihr wieder wißt, was ihr redet.

8

Bis morgen früh ist noch lange hin…

Der harte Kern

Die Wasserpfeife ist ein im Orient weit verbreitetes Rauchinstrument mit mehreren schlauchartigen Mundstücken. Der Rauch muß, bevor er eingeatmet wird, Wasser passieren, wodurch er milder und nikotinärmer wird.

»Nikotinarm« dürfte eine fromme Umschreibung sein, denn wer annimmt, daß in der Wasserpfeife ausschließlich Tabak geraucht wird, ist auch naiv genug zu glauben, daß es sich bei dem Schlager »Mutter, der Mann mit dem Koks ist da« um den Kohlenhändler handelt.

Der Araber und die Ernährung

Bon Appétit!

Mohammed war auch beim Essen kein Kostverächter. Der Koran liest sich teilweise wie ein Kochbuch. Er führt neunundvierzig Zubereitungsarten für Datteln, vier Rezepte für Kamelhöcker und zwölf für Hammel an. *Nicht erwähnt sind:*

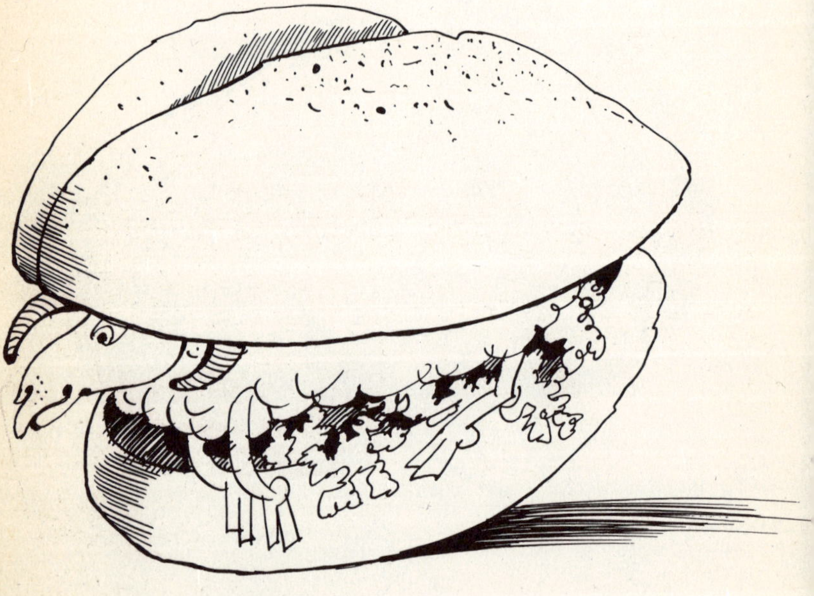

Hammelburger im eigenen Fett

Langgezogene Hammelbeine mit roten Rügen

Huhn à la Palästina mit blauen Bohnen

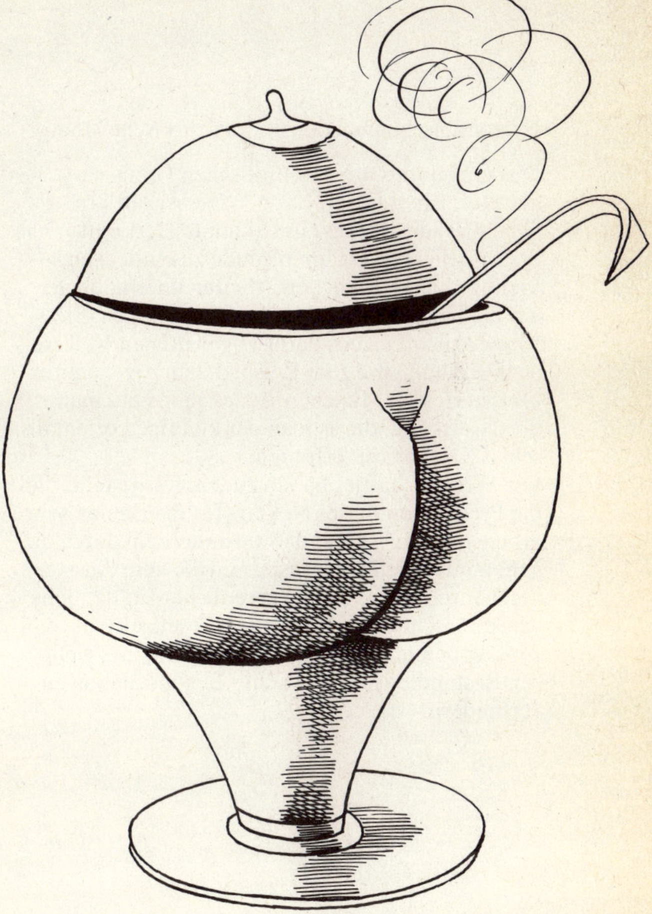

Götterspeise Surprise derrière

Eine arabische Delikatesse: der türkische Honig

Das Geheimnis um den türkischen Honig ist gelüftet. Einer Gruppe von Wissenschaftlern gelang es, die bis jetzt unbekannte Herkunft dieser beliebten Gaumenfreude zu entdecken. Fleißige kleine Bienchen arbeiten unermüdlich, um die Ernte bis zum Herbst einzubringen. Sie wird dann auf eigens dafür abgehaltenen Volksfesten verkauft, wie zum Beispiel dem sogenannten Oktoberfest in München. Jedes Jahr sieht man dort Tausende, die sich an der klebrigen orientalischen Köstlichkeit erfreuen.
Die Wissenschaftler haben zudem festgestellt, daß die Produktion dieses Nektars für die Bienen sehr arbeitsintensiv ist und daß sie außerdem durch die geheimnisvolle Kaloriensparseuche vom Aussterben bedroht sind. Umso erfreulicher ist, daß jene wackeren Umweltschützer sich in selbstlosem Einsatz bemühen, das Verschwinden eines weiteren Bestandteils menschlicher Lebensqualität zu verhindern.

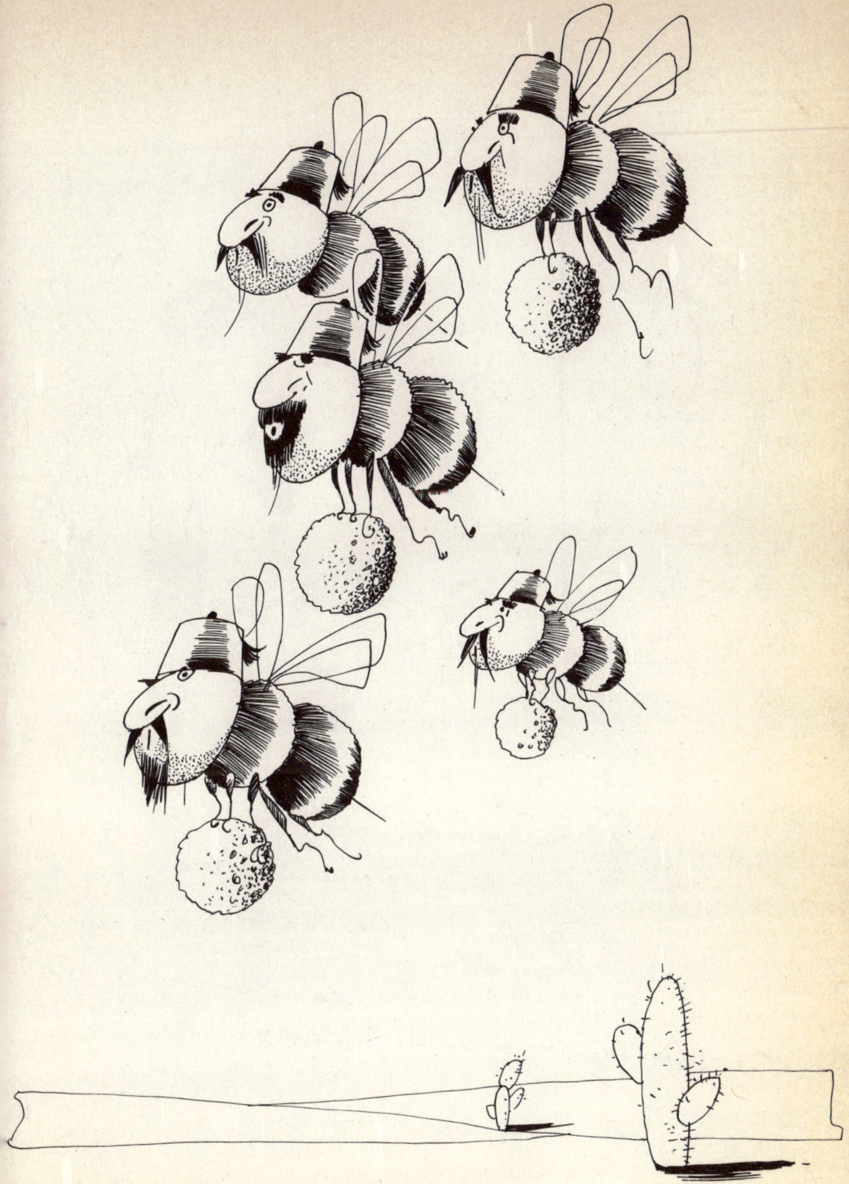

„Der Kaffee muß heiß sein wie die Küsse eines Mädchens am ersten Tag — süß wie die Nächte in ihren Armen — und schwarz wie die Flüche der Mutter, wenn sie es erfährt!"

— Alte arabische Weisheit —

Der Araber
und
seine Erzfreunde

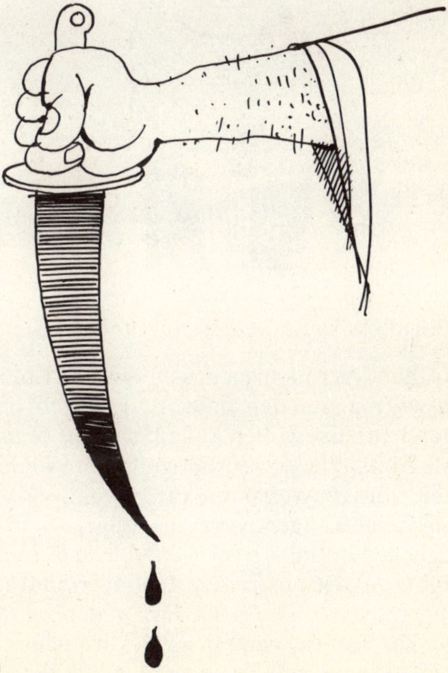

Dschimi el-Na'iv (auf deutsch: Jakob der Simple)

Der frühere Agronom ist das typische Beispiel dafür, wie man mit den einfachsten Mitteln die größten Erdnüsse ernten kann. Seine oft bezaubernde Einfalt bei der Bewältigung von Problemen verschiedenster Art hat ihm die Be- und Verwunderung vieler Zeitgenossen eingetragen. Sein untrüglicher Instinkt, seine sichere Hand, sein unfehlbares Urteil in Krisensituationen sind weithin geschätzt. Die große Firma, deren Präsident er zur Zeit ist, kann sich glücklich nennen, von einem Mann geführt zu werden, der die Geschäfte mit fast religiösem Eifer betreibt.

Ibn Schuf't 'arab (ungefähre Übersetzung: Verräter der arabischen Sache, oder auch: Schuft, arabischer)

Beim Versuch, sich mit seinem nächsten Nachbarn über die Baderechte im Suezkanal und die gemeinsame Nutzung der riesigen beidseitigen Sandstrände gütlich zu einigen, ist Ibn Schuf't 'arab mit der gesamten Verwandtschaft in Streit geraten. Er soll so unter dem Zwist leiden, daß ihn nicht einmal das enorm hohe Schmerzensgeld, das von einem gemeinsamen Freund auf der anderen Seite des großen Teiches zur Verfügung gestellt wurde, darüber hinwegtrösten kann..

Ibn Ame du Commerce (auf deutsch etwa: Sohn der Seele des Krämers)

Der Ein- und Mehrsiedler von Kibbuzinien, von seinen Freunden auch liebevoll der »beste Dauerbrenner seit Kamel-Dung« genannt, gilt mit einigem Recht als der größte Zitrusfrüchteanbauer des Nahen Ostens, weil seine Taten und Aussprüche vielen seiner Freunde und Feinde sauer aufstoßen.
Da es in der Wüste bekanntlich keine Gartenzäune gibt, kennt er seine Grenzen nicht und stolpert dadurch in sämtliche Fettnäpfchen der Nachbarschaft.

Ibn Kreiz'ki (annähernd: Sohn-mit-dem-man-seine-liebe-Not-hat)

Als Za'im (Anführer) eines weit entfernten, wenn auch verwandten Bergvolkes (vergleiche: Trull'a oder sogenannte Tiroler) kann er es doch nicht lassen, sich in die Belange der arabischen Mutterländer einzumischen, wobei es ihm interessanterweise hauptsächlich um die von allen anderen als unbequem eingeschätzten Palästinenser geht. Lebt unter der Zwangsvorstellung, durch deren Anerkennung seinem Bergstamm zu gewissen Vorteilen verhelfen zu können, was aber wiederum auf heftigen Widerstand der allernächsten Blutsverwandtschaft stößt. Gilt als Erfinder der politisch umstrittenen Quadratur des Kreisky.

Rais Baju'war (auf deutsch: Chef des Südens)

Durch geschicktes und vorsichtiges Taktieren beim Handel mit schwarzen Spitzen hat er bei seinen Gesinnungsgenossen Ansehen und seine Meinung Gewicht bekommen, obwohl man ihn wegen seines politischen Übergewichts schon fast nicht mehr ansehen kann. Bekannt für seine Losung: »Ein Mann, ein Wort.« Wenn er ein Versprechen gibt, kann man sich darauf verlassen, daß es ein Versprecher ist.

Der Araber und das Öl

Kraftreserven

Das Erdöl ist ein kompliziertes Gemisch von etwa fünfhundert verschiedenen Kohlenwasserstoffen, hauptsächlich Aliphaten, Naphthenen und Aromaten mit wechselnden Anteilen ungesättigter Kohlenwasserstoffe.
Es ist im Moment und auf absehbare Zeit die wichtigste, wenn auch nicht unerschöpfliche Energiequelle der Menschheit.
Die größten Erdölvorkommen finden sich in den arabischen Ländern.
1939 wurde in Saudi-Arabien die erste Million Tonnen Erdöl gefördert.

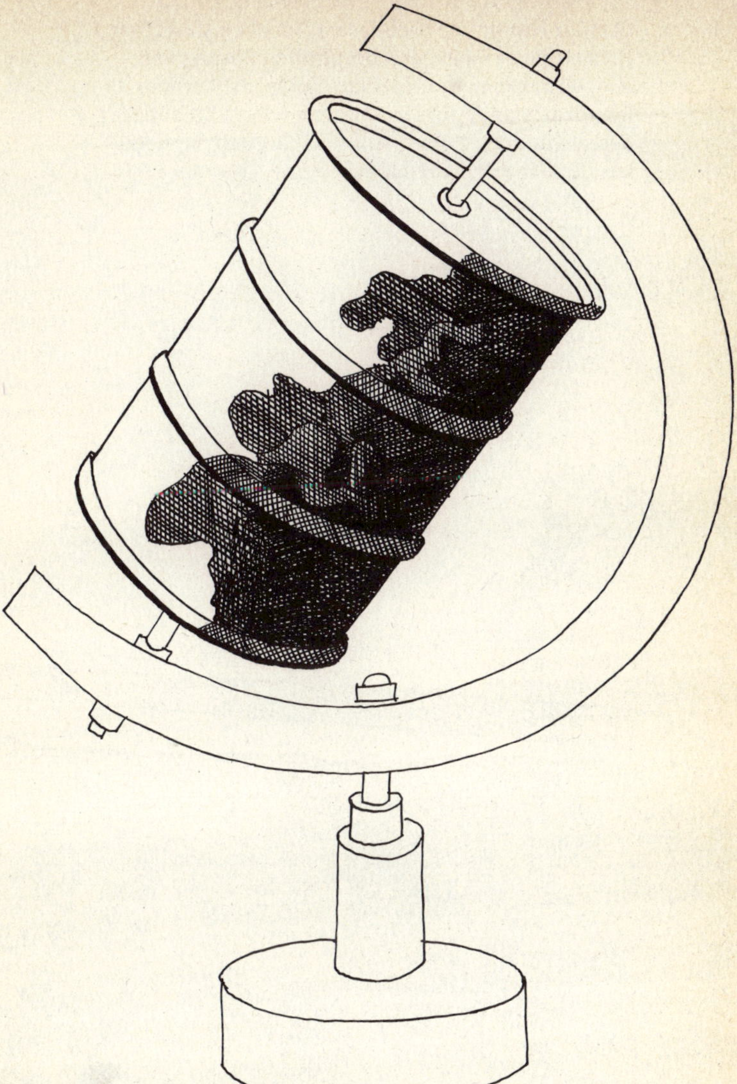

1973, als die Araber zum ersten Mal begriffen, daß der Erdölpreis nach ihrem Belieben steigerbar ist, hatten sie längst den berühmten Sprung vom Kamelrücken in die Cadillacs getan. Außerdem hatten sie das gefunden, wonach schon Archimedes suchte: den Punkt, von dem aus sich die Erde aus den Angeln heben läßt.

Aladins Wunderlampe

Es ist eine altbekannte Tatsache, daß viele Märchen ein Körnchen Wahrheit enthalten.
Die Ironie der Geschichte und der Geschichten wollte, daß sich das Körnchen Wahrheit in Aladins Wunderlampe als solides Goldkörnchen entpuppte.
Der gute Geist aus der Lampe, Erdöl genannt, hat den Arabern ein Wirtschaftswundermärchen ohnegleichen beschert.
Wie bei allen Märchen kommt auch hier am Schluß die Moral: Können die Ölscheichs den Geist, den sie gerufen haben, noch beherrschen?

Zahlungsschwierigkeiten

Im Jahr 1980 wird der Leistungsbilanzüberschuß aus dem Verkauf des arabischen Öls rund 145 Milliarden DM betragen…

… Wer soll das bezahlen?

Non »ölet«

Viele arabische Staaten haben sich über die Jahre mit beachtlichen Aktienpaketen bei europäischen und amerikanischen Firmen eingekauft.
Obwohl diese Entwicklung von der Industrie des Westens mit Sorge beobachtet wird, hat sie auch ihre positive Seite, denn die Kuh, die man melken will, schlachtet man nicht. Sprich: Die Araber werden den Ölpreis kaum so erhöhen, daß unsere Industrie daran zugrunde geht.
Wenn die Araber allerdings im gleichen Stil weiter einkaufen, werden wir bald unsere hehren Staatsmänner, Künstler und sonstigen Honoratioren auf unseren Geldscheinen missen müssen.

Preis-Frage

Seit 1973 wiederholt sich in einigermaßen regelmäßigen Abständen das erhabene Schauspiel des Zusammentreffens der OPEC, der »Organization of Petroleum Exporting Countries«, auf deutsch die Organisation der Erdöl exportierenden Länder.
Würdige und bedächtige Staatsmänner fast aller arabischen Länder treffen sich in einem prunkvollen Rahmen, um in gelöster und vernünftiger Art über die geringstmögliche Preissteigerung des Erdöls zu beraten. Die Sitzungen sind meist von einer freundschaftlichen Atmosphäre und von gegenseitigem Verständnis geprägt; etwaige Differenzen werden auf wahrhaft diplomatische Weise beigelegt.

Arabisches Glaubensbekenntnis seit 1973:

»Öl-lah ist der Größte und Mammon ist sein Prophet.«
Auszusprechen bei jeder Salat, das heißt Gebetsausübung. Zu verbinden mit einer kurzen, aber graziösen Verbeugung nach Osten, also in Richtung Mekka, wobei allerdings immer ein Ölförderungsturm zwischen dem Betenden und der heiligen Stätte sein sollte.

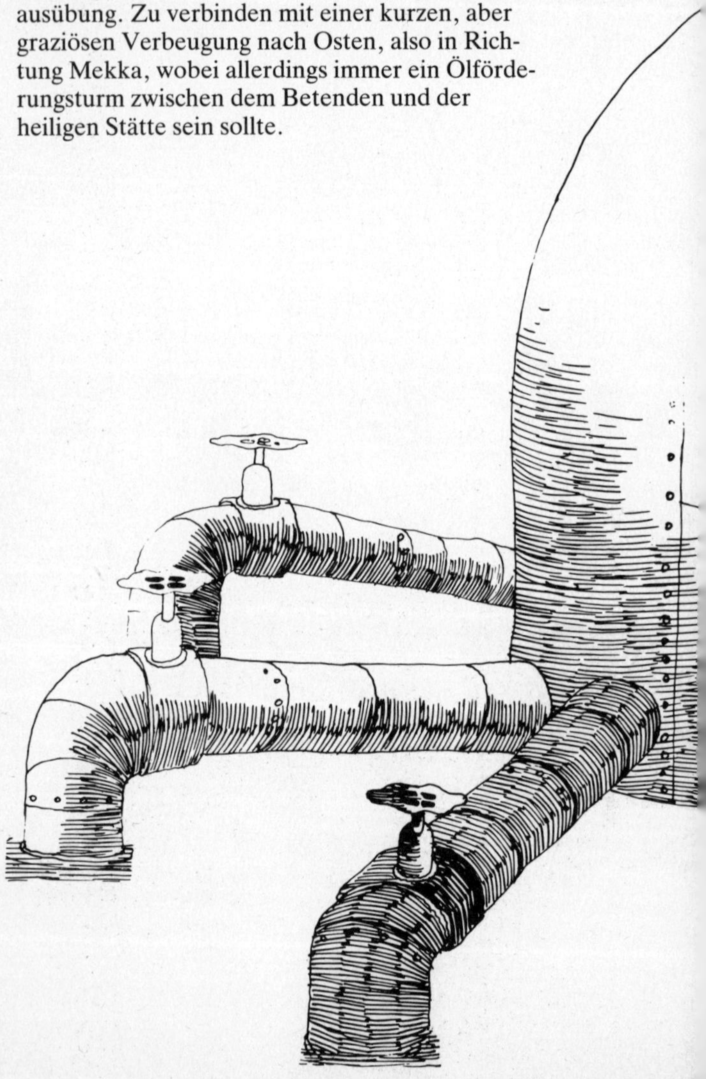

Schleuderpreise

Für John Kenneth Galbraith, den großen amerikanischen Nationalökonomen, war das größte Ereignis des 20. Jahrhunderts nicht einer der beiden Weltkriege. Kriege gab es schon immer. Es war auch nicht die Erfindung der Atombombe. Diese ist nur eine neue, allerdings fürchterliche Waffe. Die Reise zum Mond ist für Galbraith noch nicht einmal mit der Entdeckung Amerikas vergleichbar, denn Amerika war wenigstens wirtschaftlich interessant.
Das einzige Ereignis, das alles in Bewegung brachte, war die drastische Erhöhung des Ölpreises. Mit diesem kleinen Trick können die Araber noch lange allen Industrienationen die größten Schwierigkeiten, wenn nicht sogar Schlimmeres, bereiten.

David und Goliath

Auf Sand gebaut

Seit den Tagen der ersten großen Ölpreiserhöhung haben die Führer der arabischen Nationen ungezählte Milliarden von Dollars in den Wüstenboden gesteckt. Die Ergebnisse reichen von realistisch bis grotesk. Moderne Industrieanlagen wie petrochemische Fabriken stehen neben riesigen, fast ungebrauchten Flugplätzen, breite, verlassene Autobahnen führen an märchenhaften Gärten vorbei.
Das Ganze wird ein selbstmörderischer Drahtseilakt bleiben, solange das Erdöl der einzige Treibstoff ist.

Haute Couture im Morgenland

Der Araber und die Geographie

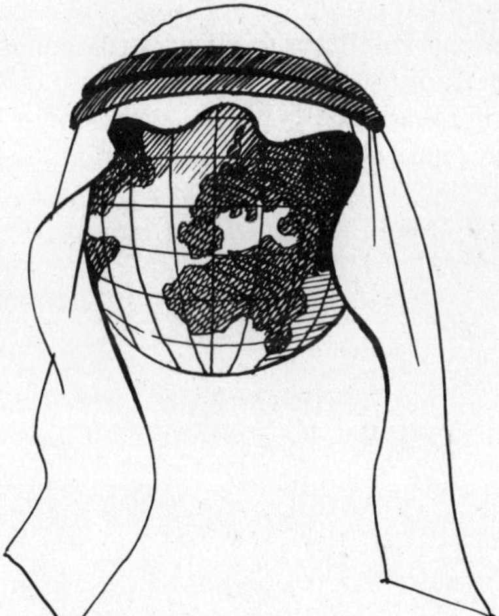

Sandkasten

Im Bertelsmann-Lexikon steht:
Arabien, größte Halbinsel der Erde, zwischen dem Roten Meer und dem Persischen Golf gelegen, etwa 2,5 Millionen qkm groß, 15 Millionen meist arabische Einwohner; wüstenhaftes, im Westen bis über 3000 Meter ansteigendes, nach Osten allmählich abfallendes Tafelland; trocken bis feucht-heißes Klima. Nomaden-Viehzucht, Oasen-Wirtschaft; Ausfuhr von Kaffee, Datteln, Rosinen, Gummi, Weihrauch, Myrrhe, Pferden und Häuten; Erdölgewinnung.
Vor einigen Jahren begriffen die Araber, daß durch den Export des Erdöls wesentlich mehr und wesentlich schnelleres Geld zu verdienen ist als mit den traditionellen Ausfuhrgütern. Seitdem wurde die arabische Halbinsel zum Spielplatz international anerkannter Architekten, Gartenbaukünstler, Technokraten, von blonden Jungfräulichkeiten und Finanzhasardeuren.

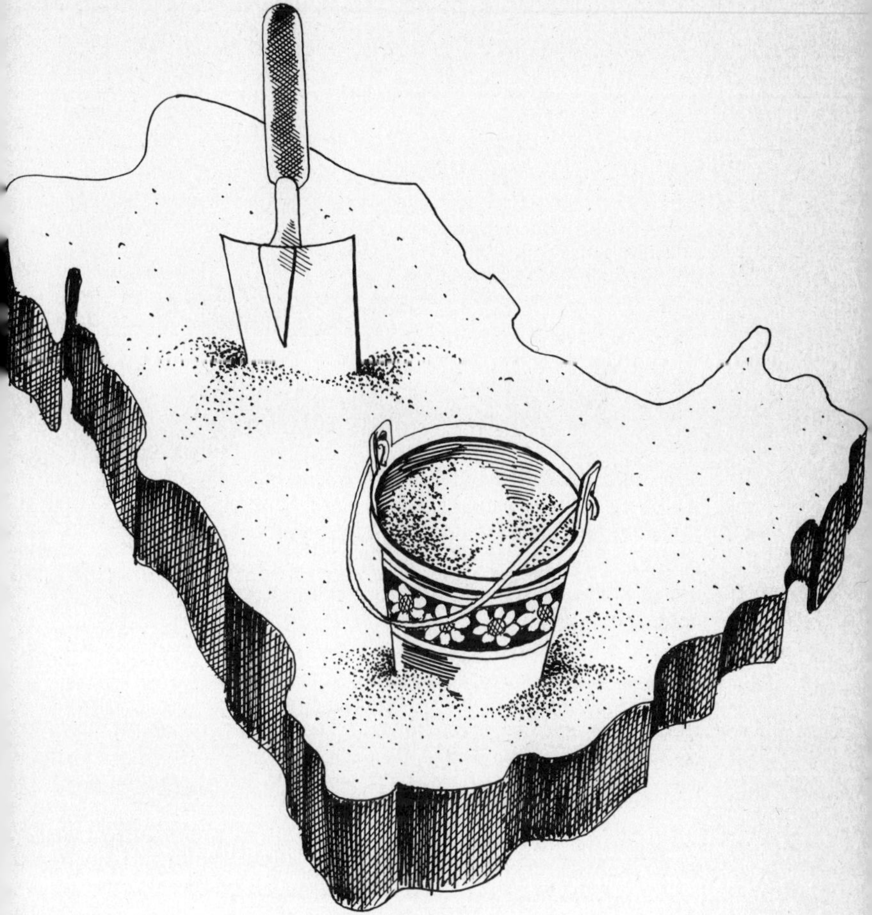

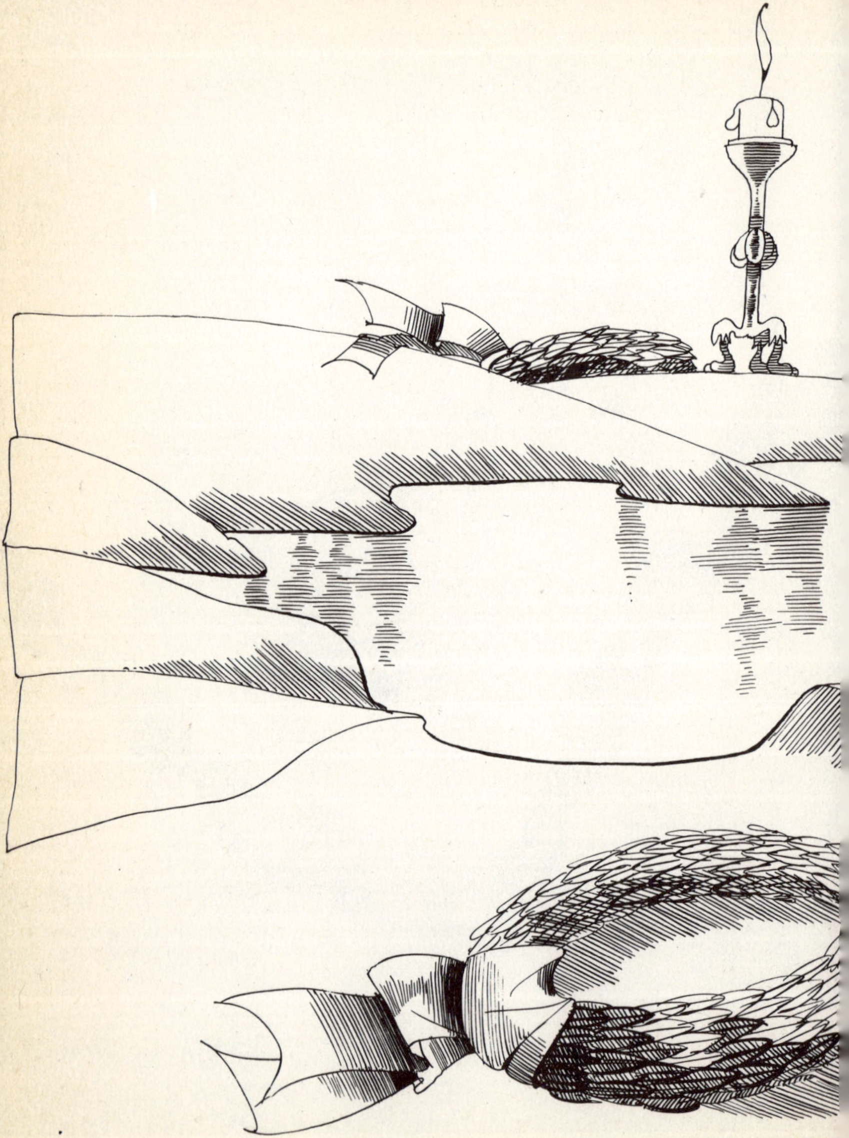

Das Tote Meer (arabisch: Bahr el Myet)

Salzsee an der israelisch-jordanischen Grenze. 80 km lang. Tiefste Depression der Erde (Seespiegel 395 Meter unter Meeresspiegel). War sehr lebendig, bis es 1635 von unbekannten Tätern erschlagen wurde.

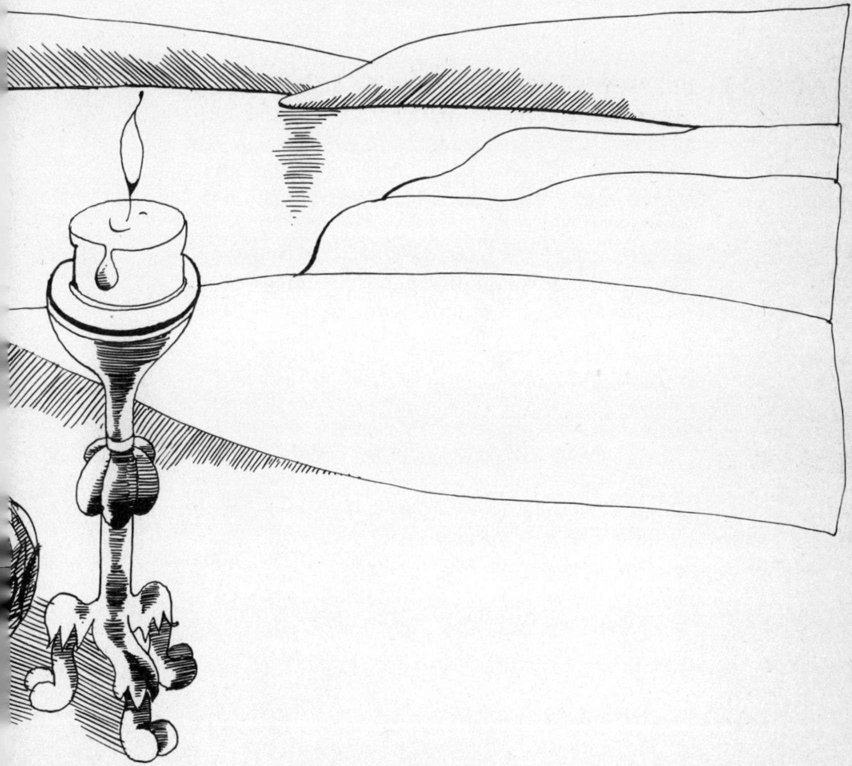

Sinnestäuschung

Die berühmt-berüchtigte Fata Morgana ist eine interessante Naturerscheinung:
Die von der Sonne kommenden Lichtstrahlen werden beim Durchgang durch Luftschichten unterschiedlicher Dichte und Zusammensetzung abgelenkt. Es entsteht eine Krümmung des Lichtstrahls. Diese Krümmung kann so stark sein, daß die Strahlen von der Erdoberfläche herzukommen scheinen und zum Beispiel für Wasser gehalten werden.
In Anbetracht der großen Hitze in der Wüste kann die Sinnestäuschung allerdings auch etwas anderes als Wasser vorspiegeln.

Gedeih und Verderb

Die Wüste ist keine gottverlassene, dürre Gegend, in der nichts gedeiht. Bei richtiger Bewässerung treibt sie die schönsten und eigenartigsten Blüten. In den Wüsten der arabischen Halbinsel kommt das kostbare Naß von unten und heißt Öl. Der üppige Pflanzenwuchs stammt aus der Gattung Dollar und schießt wie Unkraut aus dem Boden. Aber wie das so ist in der Wüste – ohne rechte Bewässerung welkt alles sehr rasch…

Oase

Durch Flüsse, Quellen oder Grundwasser bedingte Stelle in Wüsten oder Wüstensteppen mit reichem Pflanzenwuchs.
Die rein lexikalische Definition des Wortes Oase läßt leider nur schwach erahnen, zu welch poetischen Assoziationen der durch die Unwirtlichkeit der Umwelt geplagte Beduine beim Gedanken an diesen Ort beflügelt wird.

Der Araber und die Wüste

Wü-stelbude

Zwischen dem Roten Meer und dem Persischen Golf erstrecken sich herrliche Sandstrände – geradezu geschaffen für den internationalen Jet-Set-Tourismus. Als gute Geschäftsleute haben die Araber die Chancen dieser Marktlücke erkannt und beträchtliche Summen in die Fremdenverkehrsentwicklung gesteckt.

HEISSE
WÜRSTCHEN
SENF

Wüstenschiffer

Hygienevorschriften des Ayatollah Khomeini: Während des Wasserlassens muß man so stehen, daß man weder nach Mekka blickt noch mit dem Rücken zu Mekka steht.
Nach dem Urinieren ist dreimal mit dem Mittelfinger der linken Hand das Teil zwischen dem Anus und dem Glied zu pressen; anschließend soll man dreimal das Käppchen bis zum Vorhautring ziehen. Schließlich muß man dreimal das äußerste Ende des Penis pressen.

Vom anschließenden Hosenzuknöpfen wird kein Wort gesagt.

Der Araber und die Sprache

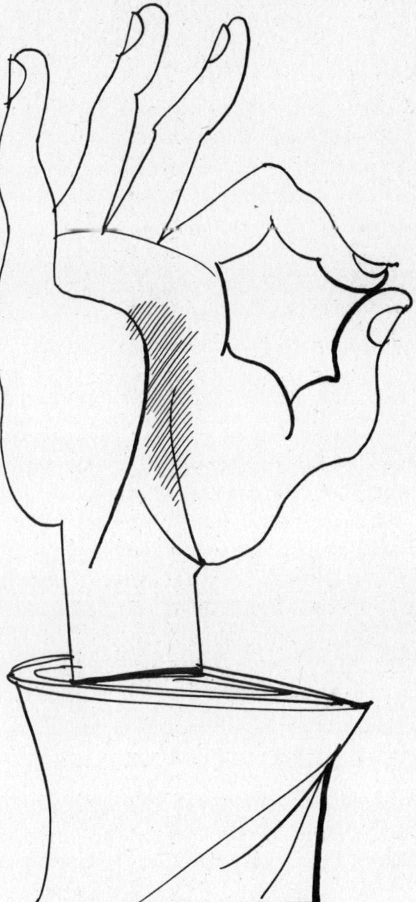

Übersetzung der Danksagung auf der gegenüberliegenden Seite:

O nobler Fremder, Dank, daß du deinen eiligen Schritt verhalten hast – der dich gewiß zur Verrichtung äußerst wichtiger und unaufschiebbarer Dinge führen sollte –, um dem unwürdigsten deiner Diener zum unbeholfenen Genuß dieses widerlichen und gänzlich minderwertigen Tabakkrautes zu verhelfen.
Möge Allah, der Allbarmherzige, der Allmilde, dich für deine großzügige Gabe, die meiner gänzlich unwichtigen Person völlig unwürdig ist, *alsbald* in den Kreis seiner Engel aufnehmen, auf daß dich für alle Zeiten die Wohlgerüche von Zimt und Myrrhe, der Genuß von kostbaren Spezereien, die warmen Winde vom Lager deiner Angebeteten und die Lieblichkeit von zehntausend Huris umgeben.

Auf's Maul geschaut

Des Arabers größter Schatz und Vermächtnis sind seine Sprache. Mehr als andere Kulturvölker legt er Wert auf korrekte Form, Grammatik und Aussprache. Die arabische Sprache kann Waffe sein oder Betörung, Liebesgeflüster oder Wutschrei – nur langweilig, das wird sie nie sein.

Auf gut Deutsch: Vielen Dank fürs Feuer!

Liebesklage

Eines Tages drang aus dem Frauengemach die traurige Stimme seiner Gemahlin Meissuna an das Ohr des Kalifen Moawija:

»Das här'ne Kleid, in dem ich glücklich war,
ist lieber mir als hier ein Prachttalar.
Im Wüstenzelt, durch das die Winde sausen,
möcht' ich statt hier im hohen Schlosse hausen.
Ein wild Kamel von ungestümem Schritt
ist lieber mir als sanfter Maultiertritt,
der Hund, der dort dem Gast entgegenbellt,
mir lieber als die Pauke, die hier gellt.
Ein Hirt von meinem Stamme gilt mir mehr
als all die üpp'gen Fremden um mich her.«

Moawija, der ein großer Staatsmann und ein einfühlsamer Mann war, ließ sie ziehen.

Wortklauberei

Die Blumigkeit und der Nuancenreichtum der arabischen Sprache sind fast legendär. Das Geheimnis liegt darin, daß fast jedes Wort aus einem Gerippe von meist drei Konsonanten besteht. Deswegen »hört« der Araber hauptsächlich die Konsonanten, während der Europäer sich zuerst auf die Vokale konzentriert. Die Vokale sind in der arabischen Sprache das Veränderliche, die kleinen Nuancen, die den Konsonanten übergestülpt und in der Schrift in fast allen Fällen nur durch Hilfszeichen angedeutet werden.
Der Nuancenreichtum geht allerdings nicht soweit, daß man »Salām« = Friede in »El-Salām« = Elfriede umwandeln kann.

Der Araber und das Geschäft

Das Naturtalent

»Beim Geschäft sind zwei Griechen etwa so geschickt wie ein Armenier, zwei Armenier so gut wie ein Jude und zwei Juden so tüchtig wie ein Araber«, sagt ein böses altes Sprichwort.
Ohne Zweifel gehören die Araber zu den genialsten Geschäftsleuten der Welt und der Geschichte. Der Kapitalismus, das Monopol, die Handelsgesellschaften, das Bankwesen, der bargeldlose Geldverkehr sind alles arabische Erfindungen, die bereits vor tausend Jahren gemacht wurden. Mohammed selbst war zuerst ein ingeniöser Geschäftsmann, bevor er ein begnadeter Religionsgründer wurde. Wobei man nicht vergessen darf, daß er der Gläubiger aller Gläubigen war.

Klagen ist der Gruß der Kaufleute
(arabisch)

Verkaufsgespräch

»Mein großer Gebieter, laß mich dir alle Kostbarkeiten des Orients zu Füßen legen. Meine Waren und Kunstwerke werden deinem wohlgefälligen Auge schmeicheln. Allah sei dafür mein Zeuge und Mohammed mein Geschäftsführer.«
Sollten Sie den Überredungskünsten eines arabischen Händlers erliegen, werden Sie keineswegs bis aufs Hemd ausgezogen. *Sondern ganz* – aber das mit arabischer Eleganz.

GEBRAUCHTE KAMELE
AN – u. VERKAUF

Gebrauchte Kamele

Das Kamel ist der wichtigste Besitz des Beduinen. Vielfach werden die Begriffe »Besitz« und »Kamel« gleichbedeutend gebraucht. Als rechter Besitz werden allerdings nur Kamelstuten angesehen; Kamelhengste hält man bloß zur Zucht.
In allen größeren und kleineren Städten finden Kamelmärkte statt, wo Beduinen mit der mißtrauischen Sachkunde bayerischer Großbauern um den Preis der Tiere feilschen. Kaufverträge gibt es dabei nicht; das Ritual des kräftigen Handschlags gilt, wobei die Beduinen allerdings anschließend ihre Finger nachzählen...
(Ganz im Vertrauen: würden Sie von diesem Mann ein gebrauchtes Auto kaufen? Na also.)

Eine Hand wäscht die andere

Oft werden arabische Geschäftssitten als abenteuerlich oder gar verwildert geschildert, dabei unterscheiden sie sich nur in Details von guter deutscher Kaufmannsgesinnung. Zum Beispiel ist die Provision, im Arabischen Bakschisch genannt, auch im Morgenland die beste Methode, sozusagen im Handumdrehen gute Geschäfte zu machen und lukrative Verträge abzuschließen.

CHEF

Die Kunst des Bettelns

Das Betteln ist in arabischen Ländern seit Jahrhunderten eine hochentwickelte Form des Zeitvertreibs. Obwohl hauptsächlich von den minderbemittelten Volksschichten betrieben, erfordert das Betteln einen hohen Grad an Kunstfertigkeit und schauspielerischer Ausdruckskraft. Man bemerke in unserem typischen Beispiel den

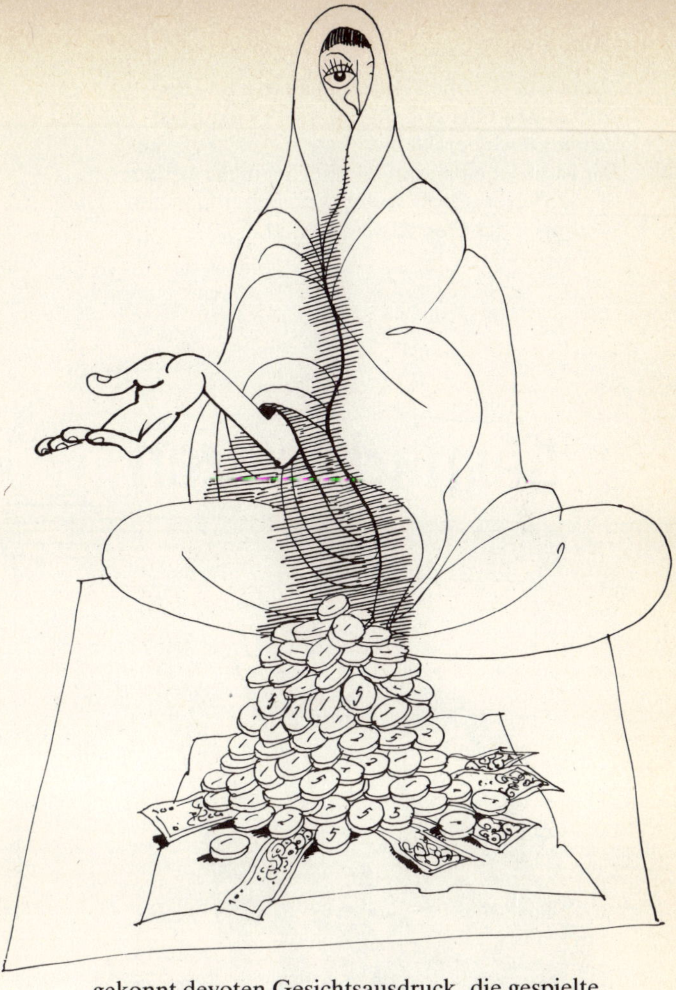

gekonnt devoten Gesichtsausdruck, die gespielte Ärmlichkeit der kunstvoll zerrissenen Kleidung und das genial vorgetäuschte Alter des Darstellers.

Das Erfolgsrezept des Beispiels auf dieser Seite ist allerdings weder künstlerisch noch soziologisch restlos geklärt. Wir führen es hier nur interessehalber an, um auch mit unorthodoxen Ausdrucksweisen bekannt zu machen.

Raritäten

Neben den großen Handelshäusern und den mächtigen Ölgesellschaften gibt es natürlich immer noch den kleinen Laden »um die Ecke«. Er ist meist ein Familienunternehmen, wo jeder, Kind, Vater, Großmutter, sein Scherflein zum Gelingen des Geschäftes beiträgt.

Der Araber und die Juden

Aufsässig

Wie die Ereignisse seit dem Treffen von Camp David 1979 zwischen Jimmy Carter, Menachem Begin und Anwar el-Sadat zeigen, laufen die wohlwollenden Bestrebungen der israelischen Regierung auf eine hartnäckige Sicherung des Konferenzergebnisses und die Erhaltung des Friedens hinaus.

Bittere Medizin

Die sogenannte Nah-Ost-Krankheit wird vom Virus palaestinense hervorgerufen, das äußerst zählebig ist, weshalb diese Erkrankung bis vor kurzem als unheilbar galt.
Neueste Forschungen haben allerdings ergeben, daß durch Einnahme eines zwar alten, aber neu aufbereiteten Heilmittels namens PLO und durch dessen Anerkennung gewisse Aussichten auf Heilung bestehen.

NAH-OST-KRANKHEIT
PLO

Blutsverwandtschaft

Es steht geschrieben, daß Araber und Juden vom Erzvater Abraham abstammen. Sein Sohn Ismael wurde der Vater der Araber, sein anderer Sohn Isaak der der Juden.
Wie in vielen Familien war man einander auch in dieser bald nicht mehr grün; dabei blieb es bis heute. Man trifft einander höchstens am Zaun zaghafter nachbarlicher Beziehungen, um sein kleines Pflänzchen zu gießen – das allerdings meistens im Garten des anderen steht.

Schicksal

Die berühmte Klagemauer in Jerusalem, an einem beliebigen Nachmittag.
Ein alter Jude steht davor und weint gar fürchterlich: »Ich mecht sein bei meine Leit, oh, wie mecht ich sein bei meine Leit, warum kann ich nicht sein bei meine Leit.«
Ein Araber, der gerade vorbeikommt, hört sich das Flehen eine Zeitlang an und fragt dann mitleidig: »Ja, lieber Freund, wo sind denn deine Leute?«
»In Miami Beach«, antwortet der Jude, laut aufschluchzend.

Karo einfach

Etwas Geschichte: Im Jahr 750 errangen die Abbasiden das Amt des Kalifen, das bis zu diesem Zeitpunkt die Omajaden innegehabt hatten.
Unter schwarzen Fahnen, in schwarzen Gewändern und mit unglaublicher Grausamkeit rotteten die Abbasiden alles aus, was Weiß trug, die Farbe der Omajaden.
Nur einige Stämme in Palästina weigerten sich, Schwarz zu tragen. Aus Opposition beschlossen sie, schwarzweiß gewürfelte Kopftücher aufzusetzen. Dieser Brauch hat sich bis heute erhalten.
Arafat, der Sprecher der palästinensischen Befreiungsbewegung, hält nicht nur diese Tradition aufrecht. Er ist auch ein Meister der arabischen Kunst, sich in Rätseln auszudrücken, wobei manches Wort zum wahren Kreuz werden kann.

Sinaiiiiii…

Der »Sabr« ist eine altarabische Tugend, die aus geduldigem, ruhigem Abwarten besteht. »Sabr« empfiehlt sich beim Warten auf den Zoll, beim Besuch von Ämtern und bei Verhandlungen – Friedensverhandlungen eingeschlossen. Durch diese einmalige arabische Wesensart wird der zügige Fortgang einer Angelegenheit sehr begünstigt.

Versiedelung

Der Kibbuz-Kaktus, auch Beginie genannt, hat sich in den Grenzgebieten Israels in den letzten Jahren geradezu explosionsartig vermehrt. Die Beginie zeichnet sich durch sehr wehrhafte Stacheln, mächtige Wurzeln und sehr große Zähigkeit aus. Eine Zierde ist sie weniger.

Der Araber und die Tierwelt

Brehms Tierleben – neu entdeckt

Das Verhältnis der Araber zu Tieren ist im besten Fall unsentimental.
Für den Beduinen ist nur das einhöckrige Kamel, das Dromedar, von Interesse, da es schnell und genügsam ist, enorme Lasten tragen und außerdem noch gemolken, geschoren und geschlachtet werden kann. Alle anderen Tierarten und deren Zucht überläßt der Beduine verachtungsvoll den »Seßhaften«, den Bauern.

Ein klassisches Ergebnis arabischer Tierzuchtkunst...

…das trojanische Kamel

Vielweiberei

Beim Hahn erhebt sich die klassische Frage, ob er zuerst da war oder der Erfinder des Harems. Die Parallele Hahn im Korb bietet sich jedenfalls bei den Arabern an. Wobei das Federvieh meist im Einkaufskorb landet und der Araber gar oft zum Hahnrei wird.

Arabische Union

Alle Fabelwesen haben ihre Grundlage in der Mentalität der Völker, die sie erfunden haben.
Die Fabeln vom Einhorn, vom Vogel Greif, von der »unberührten« Jungfrau und dem Drachen sind Ausdruck der Zeit und der Umwelt ihrer Erfinder.
Das zweiköpfige Krokodil könnte als altarabisches Fabeltier angesehen werden. Es erklärt auf geradezu poetische Art die innige Verbundenheit, das brüderliche Band, das Araber aller Schattierungen vereint.

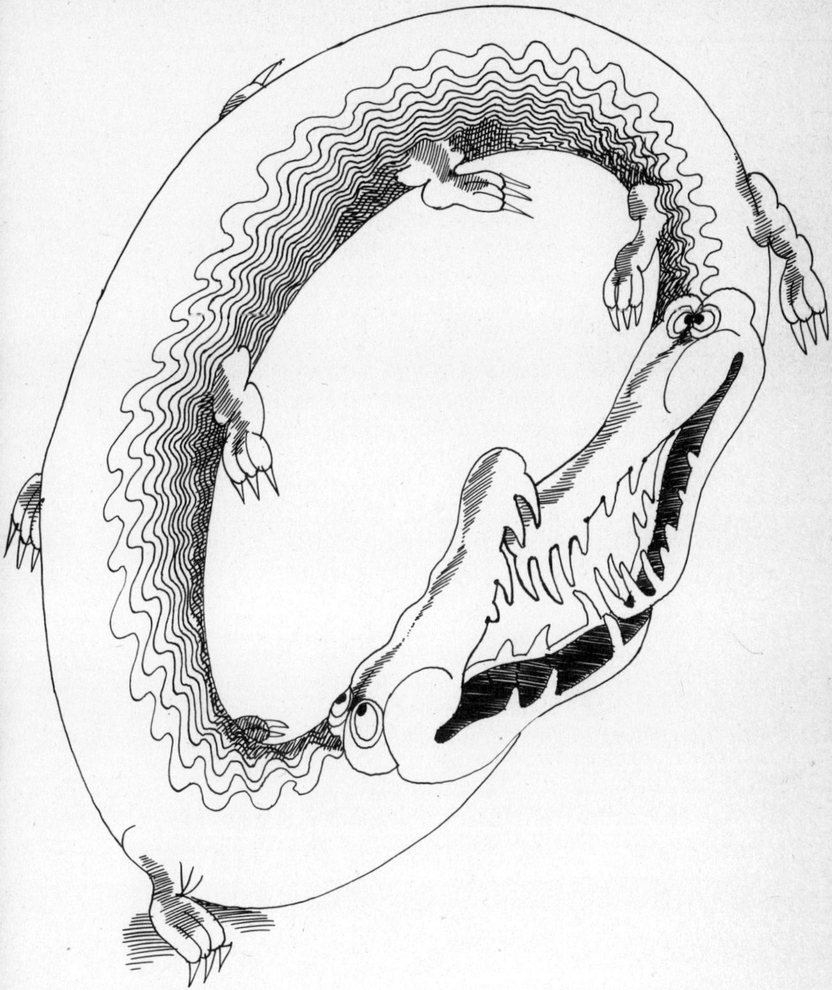

Gebrauchsgegenstand

Es ist bezeichnend, daß ein »dschammāl« (arabisch im engeren Sinn) oder »gammāl« (ägyptisch-arabisch), ein »Kameltreiber«, ein durchaus ehrenwerter Mann ist, im Gegensatz zur Auffassung der westlichen Welt. Als Schimpfwort dagegen benützt man in arabischen Landen »hammār«, was »Eseltreiber« bedeutet.
Dementsprechend ist die Behandlung der Esel.

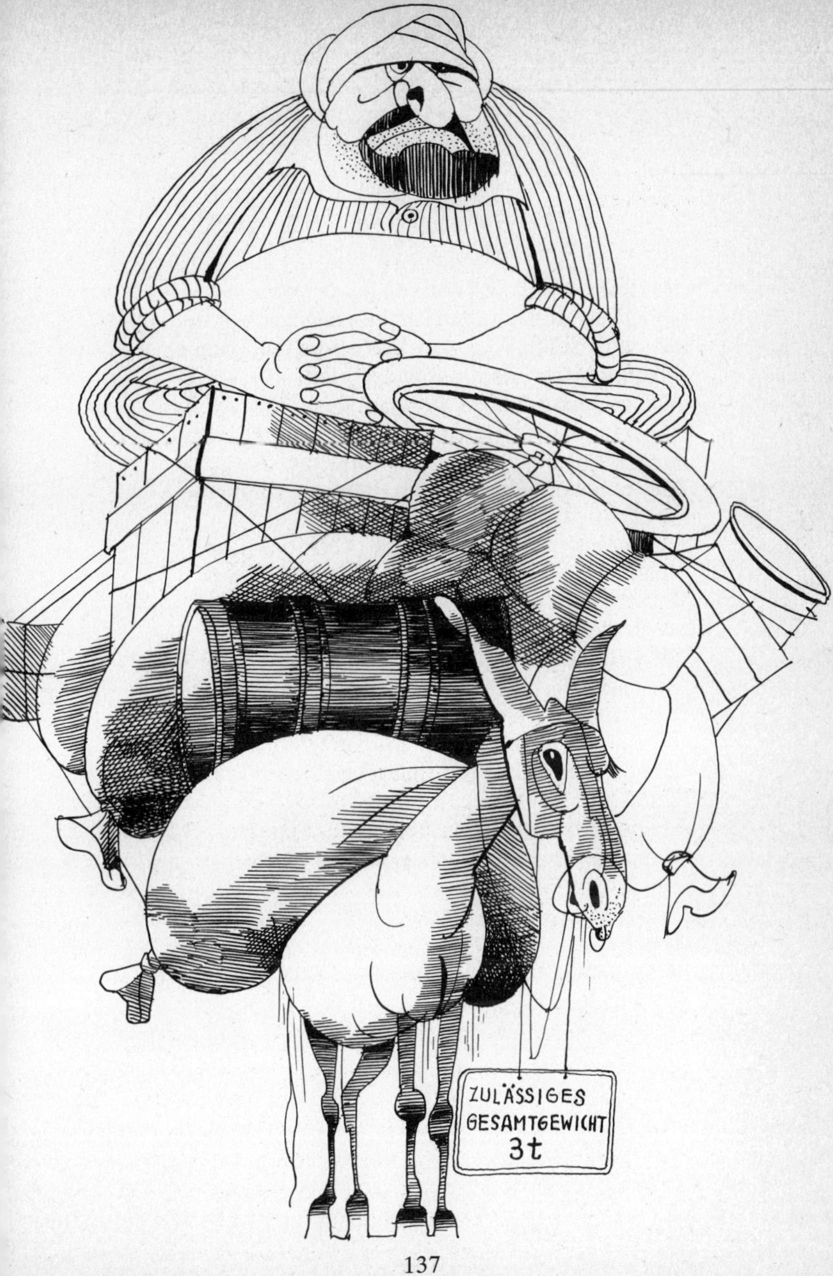
ZULÄSSIGES
GESAMTGEWICHT
3t

Eine arabische Parabel: Die Fabel vom Kamel und dem Skorpion

Ein Kamel und ein Skorpion beschlossen, miteinander eine Reise zu unternehmen. Nachdem sie ein gutes Stück Weg zurückgelegt hatten, kamen sie an einen breiten, reißenden Fluß.
»Da komme ich nicht hinüber, Kamel«, sagte der Skorpion, »ich habe zu kurze Beine, und ich kann nicht schwimmen. Laß mich auf deinen Rücken klettern. Mit deinen langen Beinen wirst du uns sicher auf die andere Seite bringen.«
»Den Teufel werd' ich rufen«, schrie das Kamel. »Falsch wie du bist, wirst du mich stechen, und ich werde an deinem Gift sterben!«
»Wie dumm von dir«, meinte der Skorpion. »Würde ich dich mitten im Fluß stechen, müßten wir beide sterben, da meine Beine zu kurz sind und ich nicht schwimmen kann.«
»Das stimmt«, antwortete das Kamel nachdenklich und ließ den Skorpion auf seinen Rücken krabbeln.
Sie begannen die Überquerung des Flusses. Genau in der Mitte stach der Skorpion das Kamel.
»Warum hast du das getan?« rief das Kamel entsetzt.
»Tja«, antwortete der Skorpion, »so ist der Nahe Osten.«

Auch ein Araber

Als Gott die Welt erschuf, so erzählt man sich in Beduinenzelten, nahm er den Wind und sagte: »Werde Mensch«, und aus dem Wind wurde der Beduine. Dann nahm der Herr einen Pfeil und erschuf aus ihm das Pferd des Beduinen. Der sprichwörtliche Araberhengst ist seither das Paradetier des Arabers, allerdings nur des reichen Beduinen. Es war etwas Besonderes, ein edles Pferd zu besitzen, und dieses entsprechend teuer. Die geblähten Nüstern, das blanke Auge, der elegante Schwung des Halses, der tänzelnde Schritt ließen für manchen Araber den Vergleich mit der Geliebten zu – was oft zu eigenartigen Kontakten führte.

Was im Westen die Damen und Jünglinge des tänzerischen Gewerbes für gewisse ältere Herren sind, erhält im Orient eine weitere Variante, die aber nicht im geringsten als Pferdefuß angesehen wird.

Außerdem haben Pferde noch nie versucht, das letzte Wort zu haben.

Exportware

Wāha-Tīna, Oasen-Feige, ist der Name dieses rätselhaften Tieres, das seit undenklichen Zeiten durch die arabische Zoologie geistert. Die Bezeichnung kommt von seiner Vorliebe für Oasen und Feigen jeder Art, die wiederum seinen stämmigen Wuchs erklären. Inoffiziellen Gerüchten zufolge soll der Wāha-Tīna ungeachtet der Quarantänebestimmungen vor Jahren von Touristen nach Süddeutschland geschmuggelt worden sein, wo er unter dem eingedeutschten Namen »Wolpertinger« sein unbestätigtes Unwesen treibt.

Der Araber und die Technik

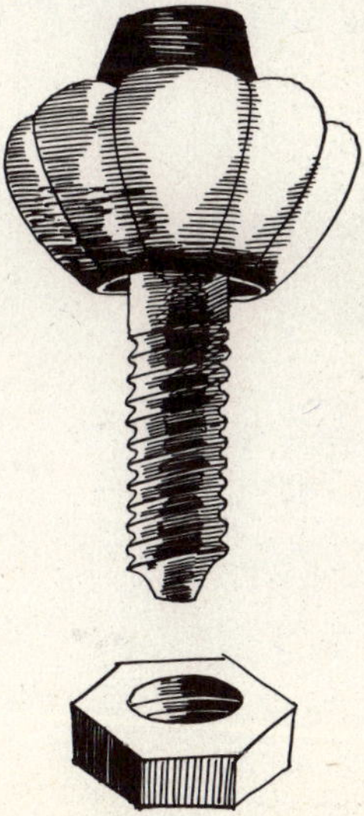

Familienglück

Die Familie ist des Arabers höchstes Gut. Sie macht ihn stark, zu ihr zieht es ihn immer wieder zurück. Selbst im Zeitalter der Technik und der Elektronik, die er geschickt zu nutzen weiß, geht ihm nichts über einen erholsamen Abend im Kreise seiner Lieben.

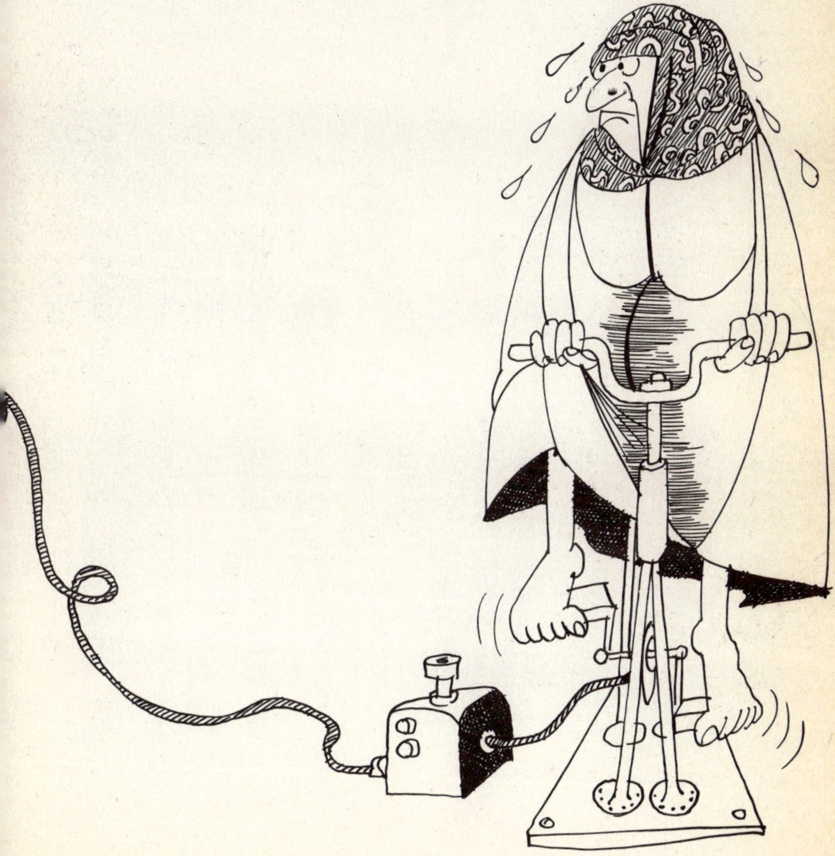

Weitsichtig

Die Araber sind sich sehr wohl bewußt, daß ihre Ölvorräte irgendwann zu Ende gehen werden. Sie arbeiten deswegen jetzt schon an fortgeschrittenen Technologien, die ihnen den gewohnten Lebensstandard auch in Zukunft sicherstellen sollen. Ihrem Erfindungsreichtum scheinen dabei keine Grenzen gesetzt zu sein.

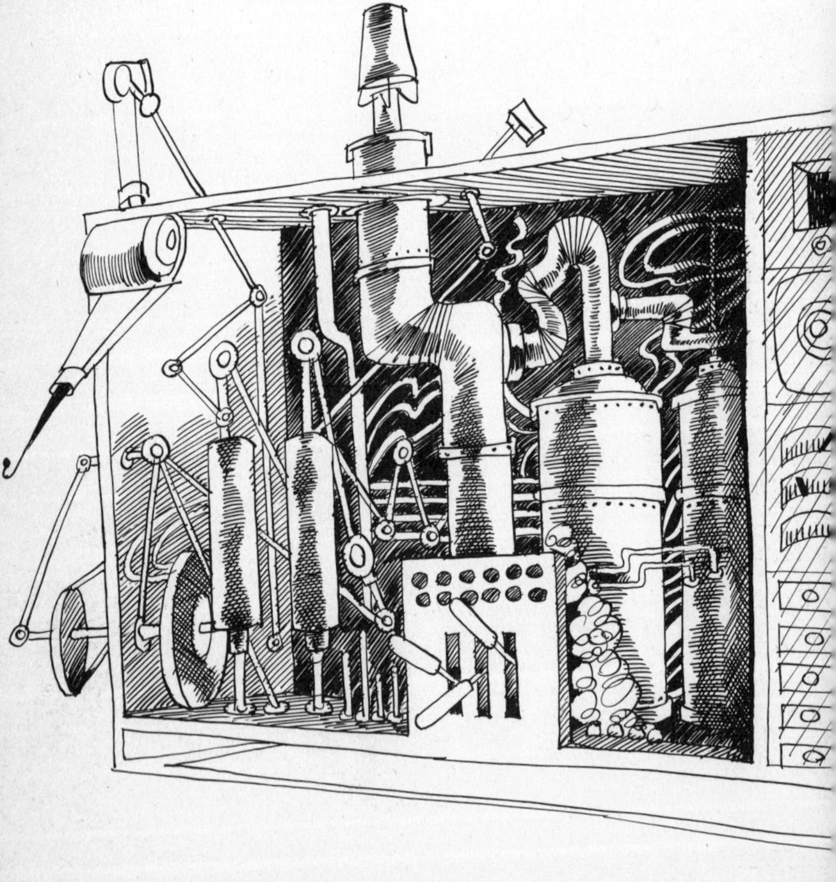

Verkehrsverhältnisse

Landesbeschreibung aus einem beliebigem Reiseführer:
»Das Straßennetz der arabischen Halbinsel ist in der Zwischenzeit gut ausgebaut und folgt den alten Karawanenstraßen. Großzügig angelegte Autobahnen bieten auch dem westlichen Besucher Anreiz zum Besuch des Landesinneren, der zu einem bleibenden Erlebnis werden kann.«
Daß die meisten dieser Straßen vor etlicher Zeit gebaut wurden und durch örtliche Qualitätsarbeit entstanden sind, wird nirgendwo erwähnt.

Der Araber und die Kunst

Die Krea-ticfe

Wie alle Bereiche des Lebens nahm Mohammed auch die Kunst und die künstlerischen Ausdrucksmöglichkeiten unter seine wohlwollende Obhut. Was erlaubt war und was nicht, wurde in den Koran übernommen, wobei Mohammeds Kunstverständnis wie bei all seinen anderen Entscheidungen von seinem gesunden Empfinden für Geschäft und Politik geprägt war.
Das Porträt wurde verdammt. Die Meister der figürlichen Darstellung waren damals die Perser – und die waren für Mohammed die geschäftlichen und politischen Erzfeinde.
Die Architektur war genehmigt. Erstens kündigte sie vom Ruhm des Auftraggebers, und zweitens kamen dabei brauchbare Festungen gegen mißliebige Nachbarn zustande.
Das Gebiet, auf dem sich in Zukunft und bis heute arabische Künstler austoben konnten, war die Kalligraphie und das Ornament. Die zwei Kunstrichtungen verschmolzen im Laufe der Zeit so miteinander, daß man bald nicht mehr lesen konnte, was die Schriftkünstler produzierten. Das Endergebnis wurde somit zum Ornament, zur »Arabeske«.
Im Westen ist die Arabeske mit dem »Kleingedruckten« in Verträgen vergleichbar – was wiederum auf das gesunde Geschäftsempfinden der großen Handelsgesellschaften schließen läßt.

VORHER
NACHHER

Das Lebenswerk

Das Ölbild

In den Suren des Korans wird vor Bildschöpfungen und Bildnissen gewarnt. In den späteren, puritanischen Auslegungen werden Darstellungen von Mensch und Tier sogar verboten. In den Augen von strengen Koranlehrern sind Bilder dieser Art eine gewollte Gleichstellung mit der Schöpfungskraft Allahs – eine Unmöglichkeit.
Die arabische Kunst hat sich deshalb mehr abstrakten, der arabischen Begabung für Mathematik verwandten Gebieten zugewendet, wo jeder künstlerische Ausdruck berechnet werden kann.

ÖLPREIS

Assimilation

Die arabische Baukunst illustriert die Darwin'sche Auslesetheorie. Hier hat sich der Mensch zum ersten Mal an die Architektur angepaßt, anstatt alles niederzureißen und nach eigenem Gutdünken wieder aufzubauen. Die arabische Architektur ist somit ein einsames Beispiel im sowieso sehr kleinen Kapitel menschlicher Rücksichtnahme auf die Umwelt.

Plagiat

Der Einfluß der arabischen Kunst, vor allem der Baukunst, auf Europa ist groß und unübersehbar. Von den prachtvollen Abteien und Kirchen Clunys über die Gotik, den englischen Tudor-Stil bis hin zu den Kuppeln der St.-Pauls-Kirche in Worms haben sich arabische Bauelemente wie der Spitzbogen oder das Radfenster überall durchsetzen können.

Es ist daher nicht verwunderlich, daß Ludwig II. von Bayern, dem ja keine Stilepoche heilig war, auch zustieß. Sein Architekt stieß nach und errichtete in Schloß Linderhof einen Kiosk, welcher der Auffassung des Monarchen von arabischer Baukunst ein entzückendes Denkmal setzte, das uns immer noch staunen läßt.

Aus der Werkstatt des Künstlers

Ludwig II.

Ferdinand Piloty (?)*.

Bildnis von König Ludwig II. in Sultansuniform, 1865. Farbe auf Untergrund.
Der junge König, stehend im kleidsamen Spielanzug mit hermelinbesetztem Frisierumhang. Rechts auf einem Kissen der bayerische Turban, der sich leider gegen den Gamsbart nicht durchsetzen konnte.

* Fast ernstzunehmende Vorskizze zum Bild.

Schwarze Kunst

Viele Gründe erklären die Unterentwicklung der bildenden Künste bei den Arabern. Ob religiöser, politischer oder gesellschaftlicher Natur, die hauptsächliche Ursache dürfte bei Mohammed selbst zu suchen sein. Als Vollblutgeschäftsmann war er vermutlich der Ansicht, daß Kunst reine Zeitverschwendung ist und nur vom Geldverdienen, dem wahren Sinn des Lebens, ablenkt.

Der Araber
und
die Naturwissenschaften

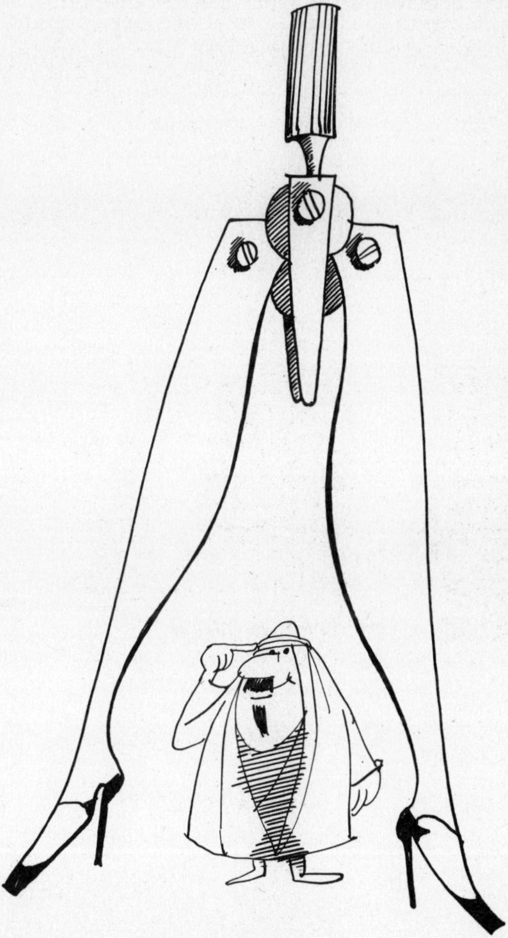

Flotter Otto

Um die erste Jahrtausendwende, als sich die europäische Medizin noch weitgehend auf allerchristliches Gesundbeten beschränkte, hatten die Araber bereits ein Gesundheitssystem, das sich mit unserem heutigen ohne weiteres vergleichen läßt. Jede größere Stadt hatte Krankenhäuser mit spezialisierten Abteilungen, wie Chirurgie oder Augenheilkunde. Die Ärzte hatten ein hohes Fachwissen und mußten auf ihrem Gebiet strenge Prüfungen ablegen. Die Werke etwa von Ar-Rasi,

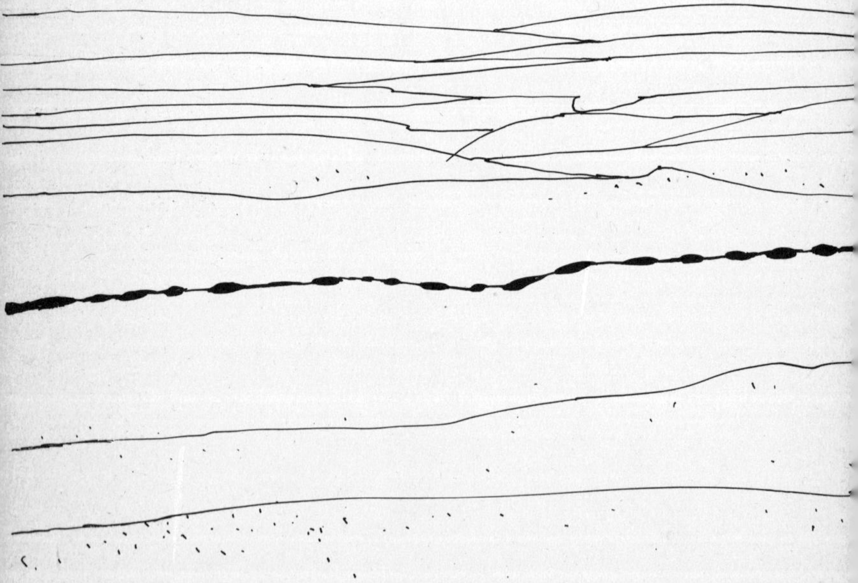

dem berühmten Rhases, Ibn-Sina Ibn an-Nafis usw. beeinflußten bis ins 18. Jahrhundert die europäische Medizin.
Aber auch in der Arzneimittelkunde waren die Araber nicht untätig. Botanik und Chemie (letzteres übrigens ein arabisches Wort) wurden mit großem Erfolg in den Dienst der Medizin gestellt. Es gab Herz- und Kreislaufmittel, Narkosepräparate und Abführmittel. Einem von diesen gab Muhammed at-Tamini, sein Erfinder, den beziehungsreichen Namen »Schlüssel der Freude und Erheiterung der Seele«.

Sternzeichen

Eines der Vermächtnisse altarabischer Kultur an das Abendland ist die Astronomie.
Lange vor Kopernikus und Kepler waren die Araber in der Lage, die genaue Position der Gestirne zu bestimmen. Über fünfzig Sterne wie Beteigeuse, Algomeiza und Wega tragen arabische Namen.
Daß heutzutage vor den Arabern immer mehr der Davidsstern auftaucht, dürfte allerdings besser durch die politischen als durch die Naturwissenschaften zu erklären sein.

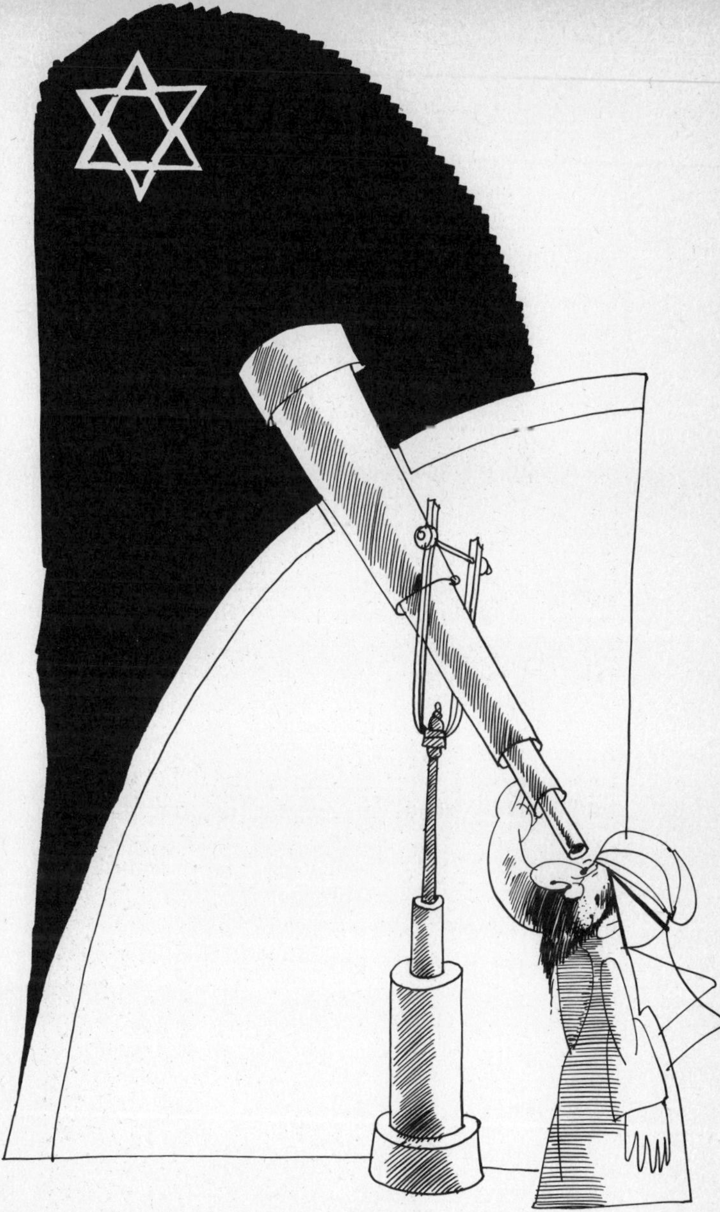

Die Erfindung der Null

Die arabischen Zahlen stammen, wie der Name nicht vermuten läßt, aus Indien. Im Jahr 773 kommt ein indischer Astronom namens Kankah an den Hof des Kalifen Al-Manßur (734-775) in Bagdad. Er bringt das Siddhanta des Brahmagupta mit. Durch dieses Werk werden die Araber mit der indischen Zahlenschrift bekannt. Mit Eifer machen sie sich daran, das neue Zahlensystem zum Nutzen der Wissenschaft, aber vor allen Dingen des Handels, zu entwickeln.

Bis zur Einführung der arabischen Ziffern kannte man im Morgen- wie im Abendland beim Rechnen nur Rangstellen. Wo der Römer nur diese schreibt – I(1), X(10), C(100), M(1000) und deren Halbwerte V(5), L(50), D(500) – und sie wie große und kleine Münzen aneinanderreiht, mischt das arabische Zahlensystem Zahl und Rangstelle, das heißt, allein durch ihre Stelle innerhalb der Zahl wird die Ziffer zum Einer, Zehner, Hunderter, Tausender usw.

Gewitzte Kaufleute erkannten bald, daß es schneller ging, die Zahl 998 zu schreiben als DCCCCLXXXXVIII !

359
−156
2?3

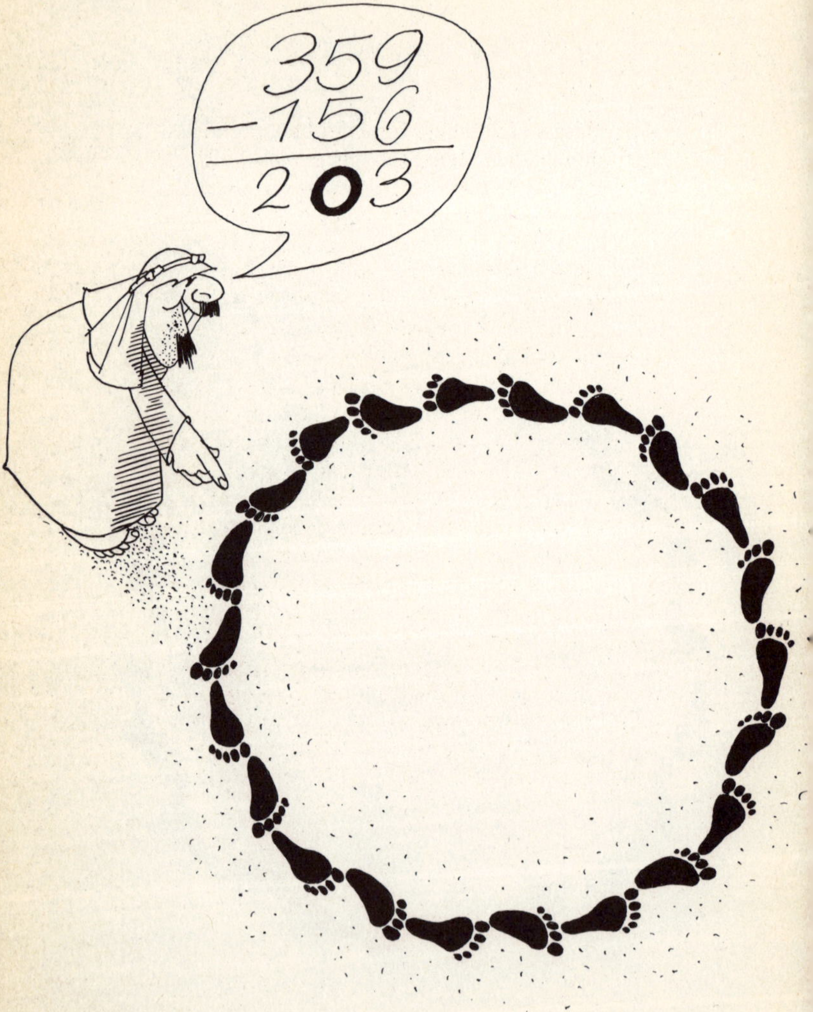
359
-156
203

Aber das ist nicht alles. Eine der bedeutendsten Erfindungen des Menschengeistes war die Null. Die neun Zahlenzeichen, denen nur die Stelle ihren Wert im Zahlenganzen verleiht – also zum Beispiel in 2375 die 5 als fünf, die 7 als sieb-zig, die 3 als drei-hundert und die 2 als zwei-tausend – brauchten etwas, um die unbesetzte Stelle zum Beispiel bei der Zahl 2003 zu bezeichnen und diese nicht als 23 erscheinen zu lassen. An die leere Stelle setzten die Inder einen Kreis, den sie »Sunya«, »die Leere«, nannten. Die Araber übersetzten »Sunya« wörtlich ins Arabische. »As-Sifr« heißt »die Leere«, und unschwer läßt sich darin unser deutsches Wort »Ziffer« erkennen. Da bald alle Welt die zehn Zahlenzeichen als Ziffern zu bezeichnen begann, wurde das Zeichen, dem dieser Name eigentlich zustand, »Nulla figura« genannt, dann zu »Nulla« und endlich zur »Null« degradiert.
In der Zwischenzeit haben wir, wiederum durch die Araber, gelernt, daß As-Sifr die große Leere in unseren Heizöltanks ausmachen kann, wenn dieses kleine Zeichen auf der falschen Seite des Kommas steht.

Wiederbelebung

Der Eisbeutel ist ein Geschenk der Araber an den Rest der Menschheit zur Linderung von Kopfschmerzen jedweder Herkunft, z.B. dem Kater nach durchzechter Nacht. Interessanterweise wurde er erst nach der Verdammung des Alkohols durch Mohammed erfunden. Der Form nach ist er dem Turban, der Kopfbedeckung der Kalifen, nicht unähnlich; womit nicht unterstellt sein soll, daß einige Kalifen Alkoholiker waren...

Lochkamera

Al-Hassan Ibn al-Heitham (965–1039), im Westen als Alhazen bekannt, beschäftigte sich zeit seines Lebens mit der Astronomie und der Optik. Die Erfindung der Lesebrille wird auf ihn zurückgeführt. Er war es auch, der als erster mit einer Art Lochkamera, dem Urmodell des Photoapparates, experimentierte und zu seinem Erstaunen feststellte, daß dadurch die Welt auf den Kopf gestellt wird. Dies, die Welt auf den Kopf stellen zu können, bilden sich heute wiederum verschiedene Starphotographen ein.

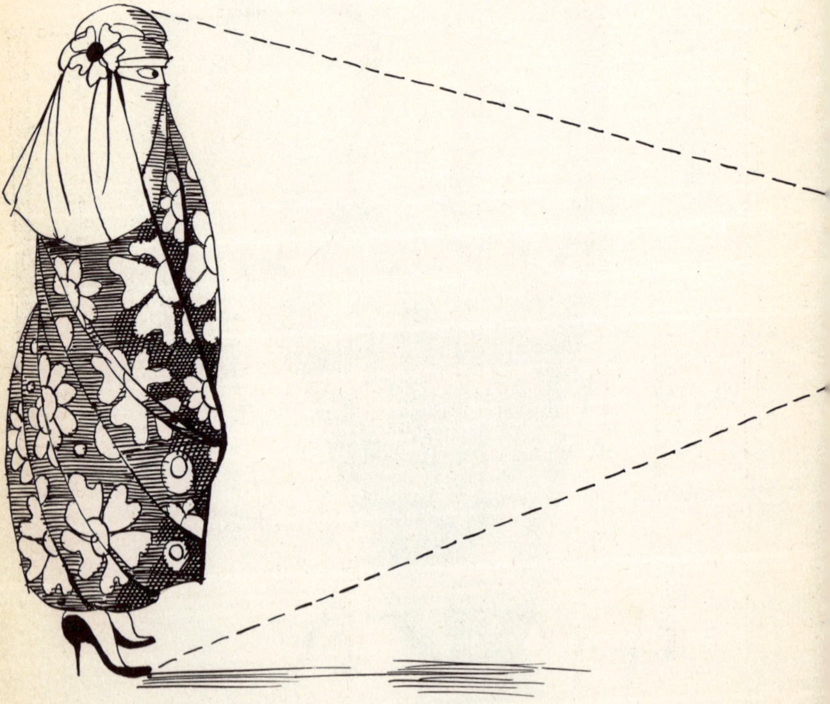